AF216660

Vorwort

Willkommen in der beschaulichen, kleinen und trotzdem, oder gerade deshalb, weltoffenen Stadt Eichstätt. Wobei das mit der Welt einzig und allein der Uni und deren multikulturellen Studenten zu verdanken ist, der gemeine Eichstätter an sich neigt in seiner etwas pensionärslästigen Stadt eher dazu alles außerhalb seines Balkons oder jenseits des Gartenzauns als potenziell gefährlich, weil unbekannt und das Abendland in höchstem Maße destabilisierend, anzusehen.

Auch aus diesem Grund werden Neuankömmlinge von der alteingesessenen Sausackschleifer-Bürgerschaft erst einmal als potenzielle Unruhestifter angesehen.

Na, ja, bei mir lagen sie gar nicht so falsch, denn, wenn ich irgendwas nach Eichstätt brachte, dann war das der gepflegte Lärm, in Form einer für dieses „Touristen in Radelhosen" durchsetzte Käffchen noch nie gehörten Form der Musik, die hier alle bisherigen Hörgewohnheiten vollkommen auf den Kopf stellte. Eine Musikrichtung, die ich mit meinen Kumpanen schon 1987 enorm erfolgreich in den Ingolstädter Engelwirt einfließen ließ und damit, es lebe die Selbstüberschätzung, die „gute" Musik in Ingolstadt ein gutes Stück weit mit etablierte, und genau das Gleiche hatte ich auch in Eichstätt vor.

Denn meines Wissens oder meiner Schätzung nach, oder wenigstens glaubte ich zu ahnen, dass dieses größtenteils verschlafene Provinzstädtchen einen riesigen musikalischen Nachholbedarf hatte, denn immer nur die gleiche Chartplürre flankiert von ein paar Abstechern in den Hard-Rock-Sumpf, das konnte auch nicht ewig so weitergehen, dachte ich, und schon war ich auf einer Mission, obwohl ich das 1993 noch nicht ahnte.

Ehrlich gesagt weiß ich immer noch nicht, warum ich jetzt schon über 20 Jahre hier bin, liegt wohl an meiner latenten Bequemlichkeit, auch egal...aber eins nach dem anderen und ab dafür...

PS 1: Nach erfolgreicher Intervention seinerseits heißt mein Freund Eumel ab sofort und in allen lizenzierten und schwarz-nachgedruckten Exemplaren Christian, klingt auch deutlich weniger halbintelligent, anders gesagt, noch eine gute Idee im Buch.

PS 2: „Ausgezogen sind fast alle gleich, man riecht nur manchmal den Unterschied."

„Das Leben ist zu kurz um sich schlecht anzuziehen."
(Paris Hilton)

Herstellung und Verlag:
BoD - Books on Demand, Norderstedt
ISBN 978-3-7460-6033-0

Inhaltsangabe

Der Zug ist abgefahren

Petrus X. Kalauer,

...oder einfach nur Petri, wie ihn alle nannten, stand vor einer für ihn schweren Entscheidung, sollte er sein gesamtes Berufsleben als kleiner Allzweckelektriker darben, was den Vorteil einer gesicherten, sogenannten Existenz hätte, wobei er das Wort Existenz an sich schon hasste, denn alle Lebewesen pflegen zu existieren, sobald sie das Licht der Welt erblicken, und man kann diese Existenz auch vor dem Ableben auf keine Art und Weise verlieren, was ist denn dann ein Existenzgründerseminar, wird einem da das Kinderkriegen erklärt oder was soll das, nichts als politische Winkelzüge, um die Menschen in das hochgelobte System des Turbokapitalismus zu pressen und nie wieder raus zu lassen... aber er schweifte ab, jedenfalls, die Alternative zu einer immer gleichen Arbeitswelt hieß Weiterbildung, eine Kneipe aufmachen oder Aussteigen.

Petri entschied sich erst mal dafür, eine neue Ausbildung in einem Bereich zu beginnen, der ihn ein wenig mehr interessierte als das, was er schon konnte und wie immer half ihm dabei der Zufall.

Nach einer weiteren durchzechten Nacht in seinem Stammlokal, natürlich dem Engelwirt, und vielen tiefgehenden Diskussionen mit seinen betrunkenen Freunden, saß er mal wieder vor der gerade geholten Morgenzeitung in seiner herrlich, friedlichen Kellerlochwohnung. Seine damalige Freundin Billy räkelte sich geschwächt auf der noch warmen Matratze, als ihm eine halbseitige Stellenanzeige in seinem Lokalblatt ins Auge fiel, Lokführer gesucht.

In großen, roten Lettern prangten diese zwei Worte über einem schnittig, schnell dahinbrausenden ICE, sah sehr gut aus, und ohne lange darüber nach zu denken, rief er die untenstehende Kontaktnummer an.

„Hallo, hier ist Petri Kalauer, ich rufe wegen Ihrer Stellenanzeige an und möchte mich hiermit dafür bewerben", „langsam, langsam", entgegnete ihm freundlich, aber bestimmt eine Stimme auf der anderen Seite, „wir brauchen natürlich erst mal Ihre Unterlagen und außerdem handelt es sich bei der Ausschreibung um eine Triebfahrzeugführerlehre, man kann ja nicht einfach so einen Zug steuern, das ist schon ein wenig komplizierter und dauert im besten Fall mindestens 18 Monate."

Das hatte er in der hektischen Morgenaktion glatt übersehen, man sollte Texte wohl doch immer erst zu Ende lesen, bevor man darauf reagiert, denn etwas weiter unten standen genau diese Sätze, auch egal, „nun gut, dann mach ich eben eine Ausbildung, wo soll ich mich anmelden oder vorstellen", entgegnete ihm Petri.

„Ich brauche erst mal einen Lebenslauf, Ihre Zeugnisse und die Bescheinigung über den erfolgreichen Abschluss einer Metall- oder Elektroausbildung, dann schauen wir uns das Ganze an und laden Sie danach eventuell zu einem Vorstellungsgespräch ein, so läuft das."

„Alles klar, dann weiß ich Bescheid, Sie bekommen demnächst die Unterlagen, auf Wiedersehen", erwiderte Petri dem Bahnmenschen, wobei ihm auch gleich auffiel, dass man am Telefon besser Wiederhören sagt, andererseits möchte er ja dorthin, um ihn zu sehen, insofern war es wohl doch richtig, was auch immer.

Gutgelaunt legte er auf, erzählte Billy von seinen spontanen Plänen und wurde für seine hervorragende Idee anschließend körperlich belohnt. Das mögen die Frauen eben, wenn man Pläne hat, die in irgendeiner fernen Zukunft eine deutliche Verbesserung der aktuellen Lebensumstände suggerieren, dabei ist es fast egal, ob diese zu realisieren sind oder nicht, und das wusste er, vielleicht wollte er ihr auch unterbewusst eine Freude machen, nun gut, im Endeffekt war die Freude auf beiden Seiten, mit dem einzigen Unterschied, dass er den

Lebenslauf schreiben musste und die Ausbildung dann durchziehen durfte, aber das war es natürlich wert...

Noch am selben Tag schrieb er auf seiner kleinen Reiseschreibmaschine einen kurzen, aber sicherlich sehr aussagekräftigen Lebenslauf, legte ein Foto bei, machte ein paar Kopien und brachte das Gesamtwerk zur Post und ab dafür.

Die Antwort ließ nicht lange auf sich warten, ein paar Tage später erhielt er eine Einladung zu einem Vorstellungsgespräch in München, er sollte sich um 9 Uhr im Betriebswerk 6 am Münchner Ostbahnhof einfinden.

Am Abend vor dem Gespräch traf er sich mal wieder mit seinen Kumpanen in ihrem Stammlokal, die ihn erst mal wegen der Idee auslachten, Lokführer, lächerlich, das sei doch nur ein Berufswunsch von Kindern, absolut unrealistisch und bestimmt sehr schwer zu erlernen, außerdem fand sein Vater, er solle endlich in die Audi gehen, das wäre ein vernünftiger, krisensicherer Job, nicht wieder so eine Spinnerei, doch das interessierte ihn kaum, denn er war sowieso immer auf der Suche nach neuen Herausforderungen, und eine völlig neue Arbeit war da genau das Richtige, außerdem hatte er einen recht beratungsresistenten Dickkopf und ließ sich nur sehr selten in seinen Entscheidungen beeinflussen, hatte in Zukunft mehr Nachteile als Vorteile, aber das ist eine andere Baustelle, eins nach dem anderen.

Den Fahrschein bekam er zugeschickt, rein in den Zug und ab nach München, am Hauptbahnhof in die S-Bahn umgestiegen, und schon war er am Ostbahnhof, jetzt musste er nur noch das ein wenig versteckte BW finden, das er über einen schmalen Trampelpfad an den Gleisen entlang auch pünktlich erreichte. Er fragte sich zur Personalabteilung durch und stand nach wenigen Minuten im Büro von Herrn Voglraider. Nach einem freundlichen Hallo der zwei Mit-Büroinsassinnen und einem kräftigen Kaffee, legte Herr Voglraider ihm auch schon den unterschriftsreifen Ausbildungsvertrag vor, kurz überflogen und schon war das Servus drunter, nur den Beginn der Tätigkeit hatte er noch nicht erfragt. Dummerweise begann die Lehre erst in drei Wochen und man schlug ihm vor, diese Zeit doch hier im Büro als Helferlein abzusitzen, ok, für 1.500 DM brutto im Warmen die Zeit totzuschlagen, klang nicht so schlecht, und so stimmte er zu.

Wenn er gewusst hätte, was in diesen vier Wänden auf ihn zukommt, wäre er sofort schreiend davongelaufen...

Es ging schon am ersten Tag los, er trat ein, erst mal einen Kaffee, dann eine Gebäudebesichtigung, eine kurze Arbeitseinweisung und anschließend sollte er einen kleinen Stapel Akten sortieren und diesen dann im Haus verteilen. Die Tatsache, dass er sich im Gebäude hoffnungslos verlief und dementsprechend lange für seine Botengänge brauchte, verzögerten die Tätigkeit wohl viel zu wenig und bis zur Brotzeit war die gesamte Arbeit erledigt. Nach einer Rüge der beiden scheintoten Bürotippsen, er solle nicht so schnell arbeiten, begannen sie ihr unglaublich eintöniges Leben zu erzählen, bis Mittag waren beide damit fertig, jetzt war gar nichts mehr zu tun und noch drei Stunden sinnlos im Büro herumzusitzen, der blanke Horror und das schon am ersten Tag, dankeschön...

Drei Leute, original schon mehr als 20 Jahre in demselben Büro, mit demselben Schrank, Schreibtisch und wahrscheinlich auch der gleichen vertrockneten Zimmerpflanze, eingerahmt von einer dauerdudelnden, immer gut gelaunten Bayern-3-Berieselung, die Hölle auf Erden, die für diese untoten Sesselpupser erst in der völlig unverdienten Pension oder einem befreienden Herzinfarkt enden sollte, wobei, die Aufregung hielt sich mehr als offensichtlich in Grenzen, denn um Viertel nach 8, um 8 war Leidensbeginn, war der morgendliche Smalltalk beendet, mehr gab der letzte Abend bei ihnen nie her, wen wundert's, und seine allabendlichen

Trinkgeschichten behielt er besser für sich, Alkohol und Bundesbahn passten vor dem Ende der Ausbildung für ihn nicht zusammen, jedenfalls ging es die Kollegen nichts an. Anschließend ging die alltägliche Geistesvernichtungsorgie weiter, es folgte ein ödes Dauergefasel über irgendwas in der Zeitung, um die Zeit bis zur nächsten Pause irgendwie zu überbrücken, jeden Tag, immer das Gleiche.

Die endgültige Gewissheit für Petri, niemals mehr in einem Büro zu arbeiten, dagegen war es auf der Baustelle bei minus 20 Grad, orkanartigem Seitenwind und einem Kater vom Vortag geradezu paradiesisch, das war die Erkenntnis des zum Glück nur wenige Wochen dauernden Martyriums, und so hatte dieser für ihn unerträglich gehirnlähmende Zeitraum doch noch etwas Gutes.

Ein weiterer Aspekt des Grauens waren Voglraiders Uraltwitze, welche die beiden Damen schon seit Ewigkeiten über sich ergehen lassen mussten, diese aber immer noch mit einem gequält, gespielten hysterischen Lachen würdigten. Petri kam nicht einmal annähernd ins Schmunzeln und sogar in diesen kurzen drei Wochen wiederholte sich der Bürovorsteher, in dem Glauben, den Witz noch nie erzählt zu haben, mehrfach. Das wurde Petri irgendwann zu blöd und er wies Herrn Voglraider einige Tage vor dem Ende seiner Büroexperience auf diese Tatsache hin, was bei diesem und seinen devoten Untergebenen nur Kopfschütteln und Unverständnis auslöste, er müsse ja die Stimmung nicht aufhellen und er hätte es ja nur gut gemeint und außerdem wäre Petri ja sowieso bald wieder weg und alles würde wieder seinen gewohnten Gang gehen.

Das war wohl Voglraiders erstes Widerwort seit 20 Jahren, erbärmlich, deprimierend und ausgesprochen mitleiderregend, aber Petri war es egal, die letzten Tage gingen auch irgendwie vorbei und endlich war der

Monatserste da und die Ausbildung ging Gott sei Dank los.

Einwurf
Eigentlich sollte ich euch jetzt die Geschichte der 17 Monate Lokführerausbildung erzählen, aber irgendwie erscheint mir dieser damals Steuergelder vernichtende, staatseigene Betrieb nicht mehr würdig genug, über ihn etwas zu schreiben.

Nur so viel, nachdem ich sowohl bei der Rangierlok als auch bei der S-Bahn die theoretische und praktische Prüfung locker bestanden hatte, stand die Streckenlok an. Die Theorie war kein Problem, nur bei der Praxisprüfung kam ich mit dem Prüfer, Herrn Strössner, nicht klar, und deshalb fiel ich durch und wollte die Prüfung auch auf keinen Fall wiederholen. Dummerweise bezahlte die Bundesbahn im Voraus und ich konnte nicht einfach so aufhören und man ließ mir die Wahl, ein halbes Monatsgehalt zurückzuzahlen oder bei Herrn Voglraider im Büro abzusitzen. Natürlich zahlte ich lieber und eine Stunde nach der verpassten Prüfung hatte ich alle Ausweise und Schlüssel abgegeben und war ein freier junger Mann... ein herrliches Gefühl, zur Nachahmung empfohlen...?!

PS:
Wem es aufgefallen ist, die Erzählung aus der „dritten Person", sprich „er", gibt's nicht mehr, „ich" gefällt mir besser und was sollte das eigentlich mit Petri? Versuch gescheitert, Wolfi ist wieder da.

Kakerlake on the Run

Nach meinem nur teilweise erfolgreichen Intermezzo in den Fängen der Deutschen Bundesbahn, war ich mal wieder gezwungen, neue Wege zu beschreiten, ist ja nie verkehrt und bringt einen immer weiter, jedenfalls weiter, als Tag für Tag und Jahr auf Jahr immer dieselben plattgewalzten Pfade der Kontinuität abzulaufen. Natürlich ist es eine unumstößliche Realität, dass diese Pfade mit dem Vorteil gesäumt sind, mit der Zeit einen wachsenden Wohlstand anzumehren, frei nach dem Motto, man muss eine Sache nur lang genug machen, dann kann man sie irgendwann auch und wird dementsprechend dafür finanziell entlohnt. Leider fehlte mir die Geduld dafür und so hielt sich mein Wohlstand stets in engen Grenzen, wobei man Wohlstand selbstverständlich nicht nur in ökonomisch erreichten Zielen definieren sollte.

Ich weise darauf hin, dass das Wort Wohlstand jetzt noch mal kommt, das vierte Mal in den letzten 6 Zeilen, und einmal kommt es noch, es gefällt mir einfach.

Jedenfalls ging es gerade ums Geld und wie wir alle zu glauben wissen: „Geld allein macht nicht glücklich und man kann sein Brot auch ohne Wurst essen", macht auch satt, aber für die allermeisten Mitmenschen in unserem schönen Deutschland deutlich zu wenig.

Genug der schon tausend Mal geleierten Phrasen, zurück zum Wesentlichen, was war das noch mal... na klar, ich wollte mein psychologisches Scheitern bei der Bundesbahn schönreden und meine Flucht vom letzten soliden Arbeitsplatz für die nächsten 20 Jahre irgendwie in ein besseres Licht rücken. Auf den Weg dahin half mir kurze Zeit später meine gute, alte Freundin, die Regionalzeitung, genauer gesagt, der Bereich mit den Stellenanzeigen. Im Gegensatz zu heute war dieser Druckerzeugnisteil nur sehr dünn und man suchte entweder Billiglöhner-Teilzeit-Sklaven oder Diplomingenieure frisch von der Uni mit zehn Jahren Berufserfahrung, was wiederum kein großer Unterschied zu heute ist. Auf jeden Fall fand ich überhaupt nichts halbwegs Brauchbares und mir kam die Erinnerung an eine frühere Idee in den Gedächtnistrakt, ganz ohne Drogen eingefahren.

Ich wollte, wie jeder andere, mit möglichst wenig Aufwand maximal viel Geld verdienen und wenn ich mir den damals ständig überfüllten Engelwirt ansah, lag nichts näher, als eine eigene Kneipe zu eröffnen.

Also wechselte ich erwartungsvoll in den Immobilienteil und voilà... da stand schon was unter der Rubrik Verpachtungen. „Gaststätte in Ingolstadt, IN-Zentrum, ab sofort zu verpachten". Verpächter war die Firma Männerbräu. Eine Brauerei dessen Bier mir noch nie besonders zusagte, aber es war wenigstens aus Ingolstadt und da ich schon damals sehr viel Wert auf Lokalkolorit legte, passte das schon. OK, es war Wochenende, demzufolge konnte ich nicht sofort anrufen, sondern durfte noch die Zeit nutzen, um mit meinen Kumpanen die Möglichkeit einer Kneipengründung durch-zusprechen.

Wie nicht anders zu erwarten, waren sofort alle begeistert und ermutigten mich, selbstverständlich auch aus Eigennutz, das zu machen, was sie selber auch schon immer mal machen wollten, sich aber aus den unterschiedlichsten Gründen nie trauten. Der Hauptgrund war sicherlich bei allen der halbwegs solide Job und das relativ gute Geld, das sie in diesem verdienten, welches ihnen ein entspanntes und relativ sorgloses Leben zwischen Alkohol und Rauchschwaden ermöglichte. Das wollten sie, so lange es geht, nicht aufgeben oder riskieren, bei mir war es anders, Ich war mal wieder, eigentlich erst das zweite Mal, arbeitslos, hatte eine Menge Ideen und schon wieder Lust auf etwas völlig anderes, eine neue Herausforderung. Wie groß diese war. sollte ich aber erst in einigen Jahren so richtig mitbekommen, jedoch damals erschien mir das alles ausgesprochen einfach, ich sollte mein Hobby zum Beruf machen und dafür auch noch Geld kassieren, das konnte gar nicht schiefgehen.

Ein paar Schnäpse später stellte ich schon meine Mitarbeiter zusammen, die sich natürlich aus meinem engsten Bekanntenkreis rekrutierten, noch ein paar Getränke später winkten einige schon wieder ab und es kristallisierten sich schließlich Muxi, Springstein und Christian als einzige ernsthafte Anwärter für den Job als Thekenschlampe heraus. Aber halt, es war immer noch Samstag, noch zwei Tage bis ich anrufen konnte, immer diese zeitverschwendende Warterei... doch auch diese Zeit verging und da ich Sonntag sowieso zum Ausnüchtern brauchte, war es eigentlich nur ein Tag und schon kam der Montag, man sieht, ich war ein wenig ungeduldig, was bei mir immer ein sehr gutes Zeichen ist, das heißt, dass mir die Sache gefallen könnte...

Eine freundliche Stimme empfing mich am Telefon: „Firma Männerbräu, Sabine Burghartswieser am Telefon, was kann ich für Sie tun?" „Ja, Grüßgott, WB Kroker ist mein Name und ich rufe wegen Ihrer Zeitungsanzeige an, Gaststätte in Ingolstadt Zentrum ab sofort zu verpachten." Ah ja... klang es zurück, ich verbinde weiter. Dann dudelte irgendeine Fahrstuhlmusik und wenige Minuten später schallte mir ein kräftiges „Ja, Keller hier!" entgegen, „Auch Ja und noch mal Grüßgott, es geht um Ihre Zeitungsanzeige..." Erst erzählte ich, dann fragte er, blablabla und wir machten einen unverbindlichen Besichtigungstermin für heute Nachmittag vor der Wirtschaft namens Tor 25 aus.

Das Tor 25 war eine kleine Kneipe in der Nähe der Ingolstädter Berufsschule, welche mir aber zu meiner damaligen Berufsschulzeit eigentlich nie sonderlich aufgefallen war, obwohl oder gerade weil sie von früh bis spät offen hatte, solche dauergeöffneten schwarze Löcher landeten bei mir in der Schublade Mittelstreifen-Spaßmänner-Kaschemme. MSSMs konnte man damals und wahrscheinlich auch heute noch des Öfteren auf dem Grünstreifen der Richard-Wagner-Straße in der Nähe der Shell Tankstelle beobachten, eine wirklich nicht zu bewundernde Spezies, die sich pünktlich nach dem kleinen Flachmann Frühstück um 8 auf ihrem geliebten Rasenareal zum traditionellen Bierdosenleeren einfindet. Gegen 12, wenn der kleine Hunger kommt, wird dann noch mal schnell in der kommunalbezahlten Wohnung eine leckere Discountwurst verdrückt und/oder, wenn vorhanden, die auch nicht mehr ganz so gutaussehende Lebensabschnittspartnerin an ihre außerehelichen Pflichten erinnert.

Der Super-GAU für die sogenannte normale Gesellschaft bringt dann auch ab und zu Nachwuchs MSSMs hervor, die sich dann, wenn sie nicht in staatliche Obhut genommen werden, binnen kürzester Zeit zu vollwertigen Mitgliedern dieser außergesellschaftlichen Gemeinschaft entwickeln.

Am Nachmittag trifft man sich dann wieder, erzählt seine zweifellos immer wieder interessanten Erlebnisse, schimpft auf die Politiker und greift auch gerne mal zu einer Gesamtheitsfinanzierten etwas härteren Getränkeart, man muss ja den leichten Rausch vom Vormittag erneuern und steigern, sonst wird es ja nicht schon wieder lustig oder halbwegs erträglich (kenn ich irgendwoher).

Gegen Abend wird man dann auch mal müde und versucht, entweder irgendwie den Weg nach Hause zu finden, siehe Mittagszeit, oder man gibt sich in einer Kaschemme, die einen noch reinlässt und bei der man noch Kredit hat, die letzte Ölung.

Exakt so ein Laden war das Tor 25, so wirkte er jedenfalls auf mich, weshalb ich da nie vorher drin war, aus welchem Grund, habe ich jetzt wohl ausführlich genug geschildert.

Aber gut, es gibt keinen Laden, dessen Ruf so schlecht wäre, dass man ihn meiner Meinung nach nicht wiederaufbauen könnte. Davon war ich überzeugt, deshalb wollte ich mir alles anschauen.

So... jetzt wird's wirklich langsam Zeit zum Reingehen. Herr Keller empfing mich breit grinsend vor der Tür. „Grüß Gott, Herr...", „Kroker", sagte ich, K, R, O, Schmarrn, das heißt KROKER, WB KROKER, nicht leicht zu merken, oder wie, oder was."

„Ach wissen Sie…", entgegnete mir ein Mitvierziger, der wohl deshalb so durcheinander war, weil er sich vor einer geschätzten Viertelstunde noch in der Videokabine einen runtergeholt hatte, Gott sei Dank gab er mir nicht die Hand, das haben wir früher auch mal anders gemacht, aber das wäre jetzt zu peinlich um ins Detail zu gehen, schön, dass ich das endlich mal schreiben kann, es gibt etwas, das selbst mir zu peinlich zum Aufschreiben ist, jedenfalls im Moment... Ich lach mich tot...

Natürlich war er nie im damaligen Videoland und natürlich waren seine Hände sauber, alles Schnickschnack, das ist mir wohl alles nur eingefallen, um das sehr trockene Treffen mit Herrn Keller etwas aufzupeppen, aber wer weiß.

Wir gingen also endlich hinein, ein dunkler Raum, der nur aus einer alten Theke bestand, deren ehemals altholzfarbigen Bretter mittlerweile ein dem Laden angemessenes Depressionsgrau angenommen hatten. Auf Nachfrage erläuterte mir die im Vergleich zu mir mittelalterliche Barkeeperin, dass jetzt sogar offiziell offen wäre, unglaublich, Vormittag um 11, da kann ja keiner kommen, und es kam auch niemand, aber wir waren ja da und fledderten subtil den sterbenden Kadaver dieses totgeweihten Etablissements. Was könnte man übernehmen, was ist halbwegs brauchbar, was muss raus und so weiter, bis wir dann zum sogenannten Pudels Kern kamen. Eben das Wichtigste und das war natürlich der Preis. Männerbräu wollte für diesen vollkommen heruntergewirtschafteten, weil absolut nicht lebensfähigen Laden astronomische 2.500 Mark, im Monat, das konnte ja nicht gehen und ich verstand die depressive Gesamthaltung der Wirtin, die wohl schon viel zu lange diesen Wucherpreis mithilfe immer neuer Kredite stemmte, irgendwann ging halt endgültig der Strom aus und der letzte Ausweg war ein Anruf bei der Brauerei, „Das Wars". So läuft das, wenn's nicht läuft, und der nächste war dran, in diesem Fall ich, aber ganz so blöd war ich auch damals nicht, denn in einen Sarg wollte ich schon früher nicht einsteigen, das musste ich erst 15 Jahre später, aber das ist eine andere Geschichte, anyway... der Preis war zu heiß und zum Abschluss unseres Gesprächs krabbelte eine etwa 5cm kleine Küchenschabe entspannt über die Theke, überschritt die Speisekarte, durchquerte den Aschenbecher, ruhte sich kurz aus und flüchtete, nachdem sie uns wohl endlich wahrgenommen hatte, im Angesicht ihrer leicht lebensgefährlichen Situation dann doch in eines ihrer vielen kleinen Verstecke in den Ritzen des Tresens und fort war sie, gemeinsam mit ihren sicherlich zahlreichen Artgenossen, die nur darauf warteten, eine Weile wieder ohne menschliche Nachbarschaft in ihrem angestammten Territorium zu leben, da waren sie schließlich schon ihr ganzes Leben, wie kurz oder lang das auch immer sein möge.

In ihrem Verständnis waren sie schon vorher da und wenn kein übereifriger Pestizidjunkie die gesamte Familie ausrottet, werden sie auch überleben. Darum ging es ja, sei's für ein paar hundert Kakerlaken oder für eine Wirtsfamilie, wo ist der Unterschied, welche Fragen, doch da die gemeine Kakerlake weder reden kann noch eine mir bekannte Lobby hat, wird sie einfach immer wieder plattgemacht, fast wia im richtigen Leben...

Mir sollte es wenn möglich nicht so ergehen, nahm ich mir jedenfalls vor, und ich lehnte das aussichtslose Angebot der Brauerei dankend ab.

Einen Halbsatz später teilte er mir mit, dass er noch ein weiteres Objekt für mich hätte, deutlich günstiger, etwas verfallen und nebenbei auch nicht in Ingolstadt. Er sprach von einer ehemaligen Studentenkneipe mitten im Zentrum von Eichstätt, eine Stadt, die angeblich vor Studenten nur so überquoll. Eine Stadt, die ich allerdings auch überhaupt nicht kannte, und abgesehen von einem kleinen Besuch bei meiner ehemaligen Hippiefreundin Cindy auch keinerlei Gründe für eine Stippvisite meinerseits erkennen konnte, anders gesagt, ich hatte keinerlei Ahnung von diesem angeblich so lebhaften Ort, Zeit das zu ändern...

Herr Keller und ich verloren keine Zeit und machten uns unverzüglich auf den etwa 25 km langen Weg, aus dem Norden Ingolstadts über die B13 an Eitensheim und Pietenfeld vorbei, den Berg runter und schon waren wir da. Als erstes sah man ein klassisches Kleinstadtgewerbegebiet, dann kam ne Tanke und irgendwann eine Ampel und rechts ging's in die Altstadt. Ein paar Kurven später erreichten wir den Marktplatz und schauten uns um, ich entdeckte aber weit und breit kein Männerbräu-Schild. Meister Keller half mir weiter, 20 Meter vom Brunnen hing an der rechten Hauswand einer auf den ersten Blick sehr baufälligen, vergilbten Fassade ein Leuchtmittel, auf dem man mit ein wenig gutem Willen einen schimmernden Schriftzug, „Planetenstüberl", erkennen konnte.

Sehr interessant, nicht gerade einladend, aber interessant, das war der erste Außeneindruck und der machte Lust auf mehr, denn, wenn man schon mal da ist, sollte man sich auch das ganze Elend ansehen.

Eine knirschende Eingangstür später standen wir im 60er Jahre holzgetäfelten Zwischenraum, links ging's in die Schenke rein, die anscheinend offen hatte, schon wieder so eine sinnlose Tageskneipe, werden die Leute denn nicht irgendwann schlauer, anscheinend nicht.

Jedenfalls waren ein paar Deckenlampen an und eine mittelschlanke Wirtin stand hinter einem drei Meter Sperrholzfehlkonstrutionstresen, ein „Gast" hing im Halbschlaf vor seinem halbleeren Hellen an demselbigen und mein Blick fiel zwangsläufig auf die ganz und gar deplatzierte, riesige Fototapete, welche die gesamte, dem Eingang gegenüberliegende Wand mit einem schaurig, schönen Wildbach nebst Bäumen und Bergen verzierte. Bizarr, seltsam und in höchstem Maße verstörend. Es erinnerte mich fatal an Christians Lieblingsabsteige in der Ettingerstraße, der 93er Ingoschänke, der Heimat aller Mittelstreifen-spaßmänner, und so was hatte ich jetzt in Eichstätt gefunden, na Mahlzeit, grandios war was Anderes, aber schau ma mal...

Die Wirtin namens Mausi begrüßte uns semifreundlich, denn Herr Keller erinnerte sie anstelle eines gepflegten – den Satz muss ich jetzt doch einmal verwenden, denn er kommt in Bezug auf die Kneipe wohl nicht mehr oft vor – „schönen guten Tag", prompt mit einem sehr unfreundlichen „wo ist das Geld", der wohl ausbleibenden Pachtzahlungen wegen, die ganz feine Art, aber mir egal. Mir würde so etwas sowieso nicht passieren, dachte ich, aber ich war noch jung und noch naiver als heute und das heißt schon was... erschreckend... aber weiter geht's.

Mausi versuchte, mir angespannt die positiven Seiten des Ladens aufzuzeigen, leider merkte man ihr deutlich die momentane Klemmsituation an, aus der es nur einen Ausweg gab, den sofortigen Ausstieg aus dem Pachtvertrag. Nur es gab nichts, was ein halbwegs normal denkender Mensch als anziehend empfinden konnte. Das Spülbecken verschlonzt, die Wände vergilbt, die Elektrik in einem lebensgefährlichen Zustand, die Küche eine Brutstätte für alle bekannten und noch zu erforschenden Keimträger, Tische und Stühle aus einer anderen, deutlich schlechteren Zeit, dazu durchzog das gesamte Ensemble ein penetranter Geruch von alten Männern. Eine Duftnote, die irgendwo zwischen Methanwolken, 4711 und Alkoholschweiß anzusiedeln ist, das wäre mal eine Raumsprayvariante...

Der Höhepunkt dieses unglaublich ruinösen Hauses waren aber, wie nicht anders zu erwarten, die Toiletten, sensationell verschimmelt, verstopft und seit Jahren in vergeblicher Erwartung eines fähigen Fräulein Reinlichs, gerade noch besser als ein französisches Plumpsklo, aber das kann man ja auch nicht mehr unterbieten.

Zu meiner Verwunderung wollte die baldige Ex-Wirtin noch 500 Mark Ablöse, für was auch immer, sehr optimistisch, aber mit mir kann man ja reden und ich zeigte mich trotzdem interessiert und zwei Tage später machten Keller und ich ein Treffen in der Männerbräu-Zentrale aus. Aber stopp, ich hatte ja fast kein Geld, und so begann die Suche nach einem Sponsor.

Da ich allerdings weder früher noch heute bei Geldhäusern eine hohe Kreditwürdigkeit besaß, musste ich mich in meinem privaten Umfeld nach potenten und willigen Geldgebern umsehen. Lang musste ich nicht suchen, ich kannte sowieso nur eine, die etwas Geld hatte, Elli vom Engelwirt. Nach einer kurzen Anfrage verwies sie mich an ihren Freund, den Schreinermeister Carlos, der gerade bei einem vor Reichtum überquellenden Zahnarzt eine 100% passgenaue Inneneinrichtung für einen stolzen Preis zimmerte und so ein wenig Geld übrig hatte. Ich brauchte nach einer ersten Schätzung für den Anfang 14.000 DM und die lieh er mir dann.

Schön, wenn man solche Freunde hat, die einem ohne Sicherheiten und große Diskussion mit einem Handschlag und einem 3-Zeilen-Vertrag eine Menge Geld geben, sehr großes Vertrauen, und ich sollte es nicht enttäuschen.

Doch zunächst bewegten sich Elli und ich Richtung Männerbräu, um den Vertrag zu überprüfen. Ich fand ihn ganz in Ordnung, Elli nicht ganz so, sie strich ein Drittel des gesamten Textes durch und bestand darauf, die Mindestabnahme von 150 hl auf 100 hl herunterzuschrauben.

Eine Zahl und Sache, von der ich unvorteilhafter Weise überhaupt keine Ahnung hatte, nicht die besten Voraussetzungen, glaubte ich doch, das wäre die Mindestabnahme für einen Monat... denn, wenn ich den damals immervollen Engelwirt ansah, glaubte ich extrem naiv, das wäre normal und bei den anderen Gaststätten auch so und 30.000 Halbe wären im Monat locker zu schaffen. Gut, dass Elli da war, denn so bekam ich einen halbwegs fairen Vertrag.

Tags darauf bekam ich von Carlos die Kohle in einem Briefumschlag ausgehändigt, 14.000 DM in bar, was man damit alles machen könnte, ein schönes Auto kaufen, ein Jahr in San Francisco leben oder sich ein Wochenende lang im Nobelpuff die Seele herausvögeln, anno '93 war es noch nicht so teuer, alles mehr oder noch mehr reizvoll, aber ich brachte das Geld doch lieber zur Bank... überwies die Kaution, die erste Monatspacht, und hatte immer noch eine Menge Plus auf dem neu gegründeten Geschäftskonto, ein sehr gutes und für mich gänzlich neues Gefühl.

Wir hatten Mitte Oktober, am 30. sollte Eröffnung sein, keine Zeit zu verlieren, es gab viel zu tun.

Als erstes flog das gesamte Inventar auf den zuvor bestellten Männerbräu-Laster, was die von der Ex-Pächterin erwartete Ablöse zu ihrem verständlichen Unmut auf 0 DM hinabschraubte. Carlos hatte die Aufgabe, eine brauchbare Theke zu basteln, ich bekam von Elli ein paar ausgemusterte Tische und Stühle geschenkt, übermalte als nächstes die schon jetzt legendäre Fototapete, brachte das Elektrische in Ordnung und das Klo in einen erträglichen Zustand, ein

Arbeitsschritt, der aufgrund der fast nicht mehr vorhandenen Materialsubstanz nur aufgrund meines außergewöhnlich herausragenden, handwerklichen Geschicks, gepaart mit einer sensationellen Fähigkeit zu tarnen und zu täuschen, nach tagelangem Kampf mit letzter Kraft und Blut, Schweiß und Bier schließlich doch gelang.

Dann musste ich einen Nachmittag in München verbringen, um den unvermeidlichen Wirteschein zu machen, eine 80-Mark-Briefmarke, ein Scherz... aber gut, keine Beschwerde, aber man sollte auf jeden Fall manche Leute vor den Gefahren des Kneipeneröffnens warnen und zwar BEVOR sie einen Vertrag unterschreiben und sehenden Auges in ihr Verderben stürzen, wäre bei mir ohne Ellis Hilfe auch dringend nötig gewesen.

Aber alles soweit gut gegangen, die Umbauarbeiten gingen wie geplant voran und ich hatte ja „nebenbei" auch noch eine Freundin. Billy unterstützte mich selbstredend auch tatkräftig obwohl sie aufgrund der Tatsache, dass ich meine Nächte künftig in Eichstätt verbringen würde, die Prophezeiung äußerte, dass ich bald eine andere kennen lernen würde und da hatte sie gar nicht so unrecht. Doch das war noch Schnee von Morgen, wenn er denn fallen würde, und der Tag der Eröffnung rückte immer näher.

Die Renovierung ging immer noch schnell von der Hand, es war soweit alles bereit und nach der Abnahme durch das Ordnungsamt mit kleineren Verbesserungswünschen ihrerseits bekam ich die Konzession zur Eröffnung einer Gaststätte und war ab sofort Wirt... witzig.

Ein Beruf, der von vielen Außenstehenden als Traumberuf angesehen wird, von mir damals auch. Ich dachte mir, man verbringt seine Zeit mit Plaudern, Biertrinken, Musikhören und am Anfang war es so auch und da der Start bekanntlich das Wichtigste ist, war ja alles gut, denn wer denkt mit 25 Jahren schon an die Zukunft, ich jedenfalls nicht!

Die Welt stand mir wieder mal offen und ich stolperte voller Vorfreude hinein.

Ein paar Tage vor der Eröffnung ließ ich im hiesigen Copyshop 20 DIN-A- Plakate anfertigen. „Neue Musik, Neue Leute, Neuer Stil", Planetenstüberl Eichstätt, hängte sie an den hier üblichen Plakatflächen auf und war mit der Werbung dann auch schon fertig. Meiner Meinung nach brauchte ich sowieso kein Merchandising, ich erwartete einen vom ersten Tag an mindestens so gut gefüllten Laden wie den Engelwirt, denn dank meines ab und zu übersteigerten Selbstbewusstseins dachte ich, bekannter und beliebter zu sein als der allgegenwärtige „bunte Hund". Erfolg definierte sich für mich nur in den Tageseinnahmen, von den vielfältigen Nebenkosten wusste ich damals noch nichts, es interessierte auch niemand, es gab Wichtigeres.

Zum Beispiel die Wahl meiner Mitarbeiter, die sich nicht ganz so leicht finden ließen wie erwartet, denn sobald es konkret wurde, hatte der eine und der andere doch Bedenken, die „weite" Fahrt, der Stress und die Veränderung in ihrem eigentlich perfekten Leben ließen viele einen Rückzieher machen und übrig blieben nur der harte Kern und Billy, die als Frau an meiner Seite wohl auch keine andere Wahl hatte.

Nun, ja, wieder mal ein Beweis dafür, dass manche Leute mehr reden als sie machen, ich machte es. Das, wovon viele andere nur redeten, und war somit mal wieder einen Schritt weiter, wer kann das von sich schon behaupten, auf jeden Fall ein Meilenstein und die erste Zeit darüber hinaus ausgesprochen lukrativ und hin und wieder sogar erfüllend, aber eins nach dem anderen...

Billy und ich kauften den Grundstock an Schnaps und Wein im C&C Markt ein, ließen von der Firma Männerbräu eine gigantische, Engelwirt-Format, Bierlieferung liefern und schon konnte es losgehen.

Der erste Abend, der Neustart, alles fliegt von selbst, bitte anschnallen.
Und bloß nicht vor der Tür rauchen.

Planetenstüberl I.

Ein neuer Abschnitt in meinem Leben begann, relativ einsam, in einer mir vorher fast völlig fremden Stadt, fast, ein Sprung ins kalte Wasser... Blödsinn, erstens war ich nur 30 Minuten von zu Hause entfernt, zweitens kannte ich schon ein paar Leute aus der E-Wirt-Zeit, die gerade in Eichstätt studierten, und drittens brachte ich ja meine Musik mit und mit meiner IN-Brauerei Männerbräu konnte ja jetzt nichts mehr schiefgehen.

Meine zwei Eichstätter Kontaktpersonen waren Rocco, ein Deutschitaliener aus Reichertshofen im Süden von Ingolstadt und sein preußischer Nachbar Lasse, beide seit Kindheitstagen ein Team und jetzt auch gemeinsam in Eichstätt zwecks der geistigen Wissenserweiterung im Felde der Geographie bzw. der Pädagogik. Die zwei hatten in den nächsten Jahren eher mehr als weniger auf meinem Lebensweg Spuren hinterlassen bzw. man kreuzte gemeinsam die Schwerter der Thekenarbeit inklusive des ab und zu ausufernden, betriebsbedingten Alkoholgenusses mit den zu erwartenden Konsequenzen. Doch ihre Geschichte startete erst später, am ersten Abend konnte ich erst mal Springstein und Billy zwangsverpflichten bzw. überreden... auch gut und los ging's.

Aus irgendeinem Grund machte ich die ersten paar Tage schon um 17 Uhr auf, völliger Mumpitz, den ich sehr schnell ändern sollte, denn wer außer den von mir nicht gerngesehenen älteren Barflys sollte bei Tageslicht in einer Trinkkneipe aufschlagen. Die erste von mir aufgelegte Platte, ich hatte wirklich einen Plattenspieler, dürfte wohl Hüsker Dü gewesen sein, deren herrliche Musik um 17.01 aus den zwei Billigboxen dröhnte, und dann wartete ich und wartete ich... und wartete ich, wo waren denn die Gäste, ich war vom Engelwirt gewohnt, das im Moment der Kneipenöffnung die Bude schlagartig voll war, das hatte ich auch jetzt erwartet und wurde gleich eines Besseren belehrt, so eine Überraschung...

Ich wusste zwar, dass die Eröffnungssause erst ab 20 Uhr offiziell losging, doch um nicht die ersten drei Stunden, mit geschätztem Megaumsatz, zu verlieren, machte ich selbstverständlich pünktlich nach Plan auf. Dass der Plan nicht so perfekt war, erwähnte ich bereits.

Gegen 18 Uhr verlief sich ein Touristenpärchen in meinen brandneuen Amüsierbetrieb, welche sich erst mal ungläubig umschauten, in welchen Schuppen sie da geraten waren, sich kurz besprachen und dann trotz der ablehnenden fraulichen Haltung beschlossen, jeweils ein Getränk zu bestellen. Meine ersten Verkäufe, ein erhebendes Gefühl, ab sofort war ich wirklich Wirt.

Nach einer sehr freundlichen Begrüßung schenkte ich ihnen, ein wenig zittrig, meine ersten zwei Weizen als Chef ein und erläuterte ihnen auf Nachfrage, in zwei Minuten mein nicht vorhandenes Gastronomiekonzept. Es entwickelte sich ein entspannter Smalltalk, an dessen Ende ich den beiden ihre Getränke ausgab, das gehört sich wohl so. Kurz bevor sie gingen, kam ein seltsamer Zweimeter-Mensch an die Theke, stellte sich als Loisl vor und bestellte sich ein Bier und einen Jacky. Loisl musterte mich, trank von seinen Getränken, sagte, er wäre der Loisl und fragte, ob ich jetzt hier der neue Wirt wäre und wie ich denn hieße. Nach einem kurzen Informationsaustausch kam er dann zum Grund seines Besuchs, er wollte trinken und das möglichst schnell und viel.

„Spuin ma an Chicky, was moanst...“ Na klar, kannte ich ja vom Engelwirt und wäre zum Aufwärmen ja gar nicht schlecht. Ich unterschätzte nur seine angeblichen Eichstätter Regeln, er spielte prinzipiell um Jack Daniels und immer nur auf ein Spiel, drei Würfe und nicht etwa auf zwei Hälften, wie wir in Ingolstadt. Wer dieses Spiel schon mal gespielt hat, weiß, was ich meine... jedenfalls hatten wir nach zehn Minuten schon drei Runden gespielt, zwei hatte ich verloren, aber das war egal, trinken mussten wir beide jeweils drei Jackys und das kurz nach 6. Zuviel für mich, für Loisl wohl ganz normal und er empfand mein „jetzt ist genug" wohl als ungewohnte Spaßbremse, trank sein Bier auf Ex, zahlte und ging in einen anderen Laden, in dem der Barkeeper am späten Nachmittag schon mit den Gästen mittrank, da war er hier um einige Stunden zu früh dran.

Er ging, ich machte kurz klar Schiff, erholte mich so gut es ging und machte um Halbacht mit einem ordentlichen Promillevorsprung wieder auf.

Endlich kamen meine Freunde, inklusive meiner ersten Bedienung, Springstein. Ich wies ihn kurz ein und schon war es 20 Uhr und die Bude war voll, jede Menge neugierige Leute, hungrig auf neue Musik, neues Ambiente (ich lach mich tot), neues Publikum und natürlich durstig auf das gute Ingolstädter Bier (ich lach mich schon wieder tot). Später stellte sich heraus, dass die meisten nicht wegen dem Bier, sondern trotz der Biermarke in den Tempel des Absurden pilgerten. Auf jeden Fall wurden die Gäste nicht enttäuscht, schon der erste Abend übererfüllte wohl alle Erwartungen, Springstein und Billy schlugen sich nach anfänglichen Irritationen hervorragend, ich war mehr mit Reden, Reden, Anstoßen und Musikmachen beschäftigt und trotz des vorher beinah intravenös eingepfiffenen Whiskeys hielt auch ich den ganzen Abend souverän durch. Eine Runde Jäger hier und da, lecker, lecker tralala. Außerdem hatten ein paar Freunde aus Ingolstadt Sekt dabei, zum Glück kein Brot und Salz, alberne Tradition, muss nicht sein, dafür umso mehr gute Laune und ein paar brandneue CDs von Ali, Steven, Muxi und Christian, Jimbo, Julio, Christel, Rocco und Lasse und von vielen Vieles mehr, ein wunderbarer Abend, so konnte es weitergehen...

Die Energie war da und ich fühlte mich gut, jedenfalls bis zum nächsten Morgen, als ich schwer verkatert das

Chaos aufräumen durfte, eine sich bald einstellende Routine, die sich nur mit einem ordentlich gefüllten Geldbeutel vom Vorabend mit Freude bewältigen ließ, aber dann machte es ab und zu wirklich Spaß. Eine schnelle Stunde und alles war wieder im Urzustand, die Kneipe war clean, der Umsatz gut, ich glaubte, das Richtige getan zu haben... nur war ich ein klein wenig müde und rief Muxi an, ob er denn seine erste Schicht nicht schon heute übernehmen könnte, er sagte zu und war am Sonntagnachmittag um 5 da.

Nach einer zehnminütigen Crasheinweisung ließ ich ihn allein und er schlug sich auch ganz gut, fast kein Mensch war da, außer Loisl, der schon seit gestern keinen Jacky mehr getrunken hatte. Es war ja auch Sonntag, auch nicht so schlecht, denn Muxi hatte ja keine Ahnung vom Barkeeperjob, insofern ein gemütlicher Start für ihn, mehr oder weniger.

In den nächsten Tagen kam ich sehr schnell zu der Einsicht, dass ich kein Tageskneipen-Gastronom sein konnte, und beschloss, erst ab 19 Uhr aufzumachen, das reichte leicht und locker. Ich verstand schon damals nicht die Wirte, die schon um 10 Uhr morgens aufmachen konnten, den ganzen Tag durchzechten, mit immer den gleichen Leuten immer die gleichen Gespräche führten und das Ganze bis um 1 in der Früh durchhielten. Diesen Rhythmus hielten die Eisenharten, oder Geisteskranken, auch noch 7 Tage die Woche, Monat für Monat, eigentlich immer, durch. Am 1. Januar war bei manchen Weicheiern dann doch mal zu. Alles mit dem Ziel, das Maximale aus der Immobilie Kneipe herauszuholen und sich im Idealfall in29 möglichst kurzer Zeit ein Eigenheim oder die Gaststätte zu kaufen oder abzubezahlen. Natürlich ging das extrem auf Kosten der eigenen Gesundheit, denn lange hielt man das nicht durch. Normalerweise sah man aufgrund der maximal selbstzerstörerischen Lebensweise spätestens nach sechs Monaten gelber als Mao-Tse-Tung im seinem Pekinger

Schneewittchensarg aus, aufgrund eines sich abzeichnenden totalen Leberversagens. Nicht lustig und nicht mein Weg, meine Öffnungszeiten waren 5-6 Tage die Woche, jeweils etwa 6 Stunden, das war gesundheitlich zu vertreten, hielt meine Leber im Gleichgewicht und ließ mir auch noch genügend Zeit, um meine Libido zu pflegen, eine nicht zu unterschätzende kundenbindende Maßnahme.

Man musste und durfte ja nicht mit den immer wieder sehr netten Studentinnen etwas anfangen, aber ein kleiner Flirt hier und da sorgte freilich öfter für eine entspannte Betriebsatmosphäre, gefolgt von guter Laune meinerseits und darauf kam es schließlich an.

Was haben wir von „Excalibur" gelernt, nicht „Sexcalibur", auch einer der größten Filme mit der höchsttalentierten Nachwuchshoffnung Jenna Jamison, den man auf jeden Fall neben „Conan der Barbar" auf eine einsame Insel mitnehmen sollte, wenn man denn einen DVD Player samt Stromanschluss findet... naja... so oder so, jedenfalls fand der letzte Gralsritter, ich glaube er hieß Arnold, das Geheimnis des Grals und dieses lässt sich, meiner völlig der Welt entrückten Meinung nach, ohne Inhaltsverlust 1:1 in die Gastronomie übertragen.

„Der König ist das Land und das Land ist der König." Auf mein Betätigungsfeld übertragen, „wenn's mir gut geht, geht's auch dem Laden gut". So einfach ist das und daran arbeitete ich Tag für Tag, unabhängig von wirtschaftlichen Gegebenheiten, nicht ganz logisch, schon klar, aber Avalons Nebel sollten sich bald lichten. Fern ab jeglicher Vernunft konzentrierte ich mich mal wieder nicht auf das Geldverdienen, sondern auf das Erleben von weiteren halbwegs neuen Ereignissen, die man meiner damaligen Überzeugung nach nur mit Hilfe einer nie endenden Party durch zu Hilfenahme jeder Menge alkoholischer Getränke, in Verbindung mit fraulicher Beendung eines gelungenen Abends, erfahren konnte. Allerdings konnte ich das ganz allein natürlich nicht schaffen und so begann die konzentrierte Mitarbeitereinstellung, wie immer auf dem einfachsten Weg, die Gäste und Bekannten wurden gefragt und flugs kristallisierten sich zwei fähige Leute heraus, Rocco und Lasse, und so beginnt die nächste Geschichte.

Rocco und Lasse

Zwei Freunde aus einem südlichen Vorort von Ingolstadt, Reichertshofen, die ich erstmals in unserer phasenweise legendären Fußballmannschaft, den „Engelwirt 89ers", angelehnt an die damals überragende Footballmannschaft der San Francisco 49ers um Joe Montana und Jerry Rice, kennengelernt habe. Das dürfte dann wohl 1989 gewesen sein... ein Scherz.

Lasse war der sichere Rückhalt in der Abwehr, der auch aufgrund seiner Körpergröße so manchen Kopfball gewinnen konnte, Rocco spielte einen soliden 6er, wie man heute sagen würde, früher hieß das Libero vor der Abwehr, und aufgrund der Tatsache, dass wir im besten Fußballalter waren, feierten wir doch ab und zu mal einen Erfolg.

Quatsch, wir waren großartig und nur aufgrund unserer mannschaftsweitverbreiteten Feiersucht brachte es keiner von uns zum Berufsfußballer, von nichts kommt auch im Sport halt nichts und wir wussten wenigstens genau, von was unsere gelegentlichen Leistungsschwankungen kamen. Aber egal, es ging um mehr, es ging um uns und eine gute Zeit miteinander. Wegen des wunderbaren Zufalls, dass Rocco und Lasse in Eichstätt studierten und ich dort jetzt auch meine Zelte aufschlug, wurde eine größtenteils überaus witzige Zeit der Dreisamkeit eingeläutet.

Die unzähligen Abende, noch mehr Biere und noch viel mehr Schnäpse verhindern mal wieder, leider, im Nachhinein eine detailliertere Beschreibung der Tag für Tag ablaufenden, immer ähnlichen, doch fast immer extrem erheiternden Begebenheiten, und da ich keine aus verbliebenen Erinnerungsbruchstücken zusammengeschusterte Fleckerlgeschichte von mir geben will, beenden wir erst mal diese Geschichte.

Geschichte

Wenn man dem ständig wiederholten Geschwafel ortsansässiger Barflys Glauben schenken kann, welche mir jeden Abend von der guten, alten Zeit vorschwärmten, war die Kaschemme namens Planetenstüberl seit über 20 Jahren eine Eichstätter Institution für hemmungslosen Alkoholkonsum und nicht ganz so intelligente Gäste.

Der Spruch „wenn du überall Hausverbot hast, gehste halt ins Planetenstüberl", verfolgte einen Tag für Tag und dementsprechend war auch die erste Kontaktaufnahme mit den ehemaligen Stammgästen.

Da waren alte Säufer, Langzeitarbeitslose, Ex-Knackis und ein Rudel Glatzen, ein nicht gerade brauchbares Publikum und absolut keine sympathischen Zeitgenossen.

Die Haarlosen rauszuekeln fiel da noch am leichtesten, jeglicher Onkelz, Störkraft oder andere Rechtsaußen-dreck wurde selbstverständlich kategorisch abgelehnt, dafür liefen die Hosen, die Goldenen Zitronen und andere Fun-Punk-Musik, die diese geistigen Vollwaisen überhaupt nicht vertrugen und weg waren sie.

Die Langzeitarbeitslosen, auch die gab es in der Vollbeschäftigungsstadt Eichstätt, kamen immer am Monatsanfang, und wenn die Stütze versoffen war, versuchten sie naturgemäß einen Deckel zu eröffnen, was wir nach fortgesetzten negativen Erfahrungen irgendwann auch nicht mehr zuließen und schon zogen sie weiter.

Bei den Ex-Knackis musste man nur Geduld haben, bis sie wieder einfuhren, und nebenbei stets gut aufpassen, dass sie zwischenzeitlich nicht allzu viel Kollateralschaden durch ihre permanent schlecht gelaunte Anwesenheit verbreiteten.

Die alten Säufer erwiesen sich als extrem beratungs-resistent. „Ich hock hier schon seit 20 Jahren und bleib auch hier sitzen!", ein Klassiker. Das schwierige an der Nummer war, dass sie sich an das Hausverbot und den daraus resultierenden Rausschmiss des Vorabends aufgrund ihres ausufernden, jahrzehntelangen Alkoholkonsums nicht mehr erinnern konnten und jeden Abend pünktlich zur Betriebsöffnung wieder auf der Matte standen. Ihre immer gelber werdende Gesichtsfarbe, die auf ein baldiges Leberversagen hinwies, ermahnte mich zur Geduld und wie fast immer ist Geduld die Lösung. Ein paar Monate später lösten sie sich auf, soweit ich weiß, wollten alle drei eine Feuerbestattung, eine saubere Sache...

So sauber wie nach der Säuberung durch den Saubermann das ansonsten ganz und gar nicht saubere Lokal eben sauber sein kann.

Der „Trash" war weg und wurde alsbald von einer Horde feiersüchtiger, junger Menschen, die in die nun freie Kneipennische drückten, Gott sei Dank ersetzt.

Das noch Positivere damals war die Tatsache, dass es noch keine Studiengebühren gab, was nichts anderes bedeutete, als dass die Studis ihr gesamtes Geld, abzüglich Miete und Nebenkosten, in die lokalen Bewirtungsstätten tragen konnten, welches zu einem ausreichenden Grundumsatz der drei oder vier studentisch frequentierten Lokalitäten führte.

Man möchte meinen, das wären recht wenige Läden für früher knapp 3.000 Studenten, doch der Ruf Eichstätts als eine Uni-Stadt, in der man sich zum Studieren und nicht zum Partyfeiern einschreibt, bestätigte sich tagein, tagaus. Von den genannten 3.000 nahmen 90% das Studium Apfelschorle-Ernst, die sah man nur ein paar Mal im Jahr, hauptsächlich bei Semesteranfangs- und Abschlussfeten, beim Glühweinseminar und am Hofgartenfest und das war's.

Um die restlichen 300 erbrannte ein sich gegenseitig unterbietender Konkurrenzkampf der Gaststätten die mit immer neuen Specials verzweifelt versuchten, ihren

Laden vollzubringen, die einen hatten ein paar Ideen, die anderen nicht und machten dementsprechend zu.

Das Stüberl, wie es alsbald liebevoll genannt wurde, gehörte nach der nicht zu vermeidenden Flurbereinigung zu den Gaststätten, die sich aufgrund einiger frisch eingetroffener, trinkfester und sehr angenehmer neuen Stammgäste in der Kneipenlandschaft hielten.

Wobei das Geschäft halten noch lange nicht bedeutet, dass man an diesem eine Menge verdient, es reichte ganz gut zum Leben und ein Urlaub pro Jahr war auch noch drin, mehr nicht, aber immerhin, und überhaupt ging es mir damals primär nicht ums Geldverdienen. Ich brauchte einfach genug zum Leben und wollte in erster Linie neue Erfahrungen auf halbwegs neuen Wegen sammeln, alles für das große „Finalziel", ein unabhängiger, freier Schriftsteller zu werden, der mehr recht als schlecht von seiner Kunst leben kann und mit dieser im besten Fall „around the world" hausieren geht und mit seinen Schreibwerken diesen Planeten im allerbesten Fall ein bisschen erträglicher macht.

Anders gesagt, durch die Tatsache, dass mir das Leben leichter fällt durch die Ausübung meines Traumberufs, verändert sich auch logischerweise meine Wahrnehmung der Umwelt gegenüber und die Welt wirkt nicht mehr ganz so deprimierend. Mehr kann man objektiv, als meist zu viel denkender Mensch, im nüchternen Zustand vom Leben nicht erwarten.

...mal was anderes. :)

MFC I.

Wie lange dauerte es eigentlich, bis Christian bei mir arbeitete, genau weiß ich es nicht mehr, aber lang hat es nicht gedauert, bis er einen Tag am Wochenende übernahm.

Etwa zur gleichen Zeit hatte er mal wieder eine neue Freundin, Holly wurde sie genannt, wobei er vor der neuen Dame, eins nach dem anderem, erst die Vorherige losgeworden sein musste und das kam dann in etwa so...

Jetta, so hieß die Ex, war eine circa zwei Jahre dauernde, intensive Beziehung seinerseits und im Nachhinein konnte er nichts Negatives darüber erzählen, warum auch immer. Sie war voll integriert in die Engelwirt-Clique, verstand sich gut mit meiner damaligen Freundin Billy, begleitete uns auf Reisen, trank und rauchte und so weiter.

Nur die Art des Christian-Hörner-Aufsetzens unterschied sich doch ein wenig von ihren Vorgängerinnen. Sie stand anscheinend auf Motorräder, besonders die Marke Ducati hatte es ihr angetan, und der Mann ihrer Begierde, oder war es nur der zufällig auf dem Motorbike Sitzende namens Steppke, besaß so einen fahrbaren Untersatz. Christian leider nicht und so nahm das Unglück seinen Lauf.

Am Anfang fand Christian es nicht gerade ungewöhnlich, dass Steppke mit Jetta ab und zu einen kleinen Ausflug auf seinem motorisierten Freudenspender unternahm, doch irgendwann häuften sich die Ausnahmen und als sich die Ausfahrten immer weiter in den Abend verlagerten, wurde sogar der meist an das Gute im Menschen glaubende Christian misstrauisch. Als an einem weiteren Wochenendabend die x-te Joyride anstand, fuhr er mit Julio zu Steppkes Wohnung, sah Jettas Auto, Steppkes Ducati und heruntergelassene Jalousien an Steppkes Schlafzimmerfenster.

Jetzt wurde er nervös, anders gesagt, er schmiss mit allem, das er finden konnte, auf Steppkes Rollläden, klingelte Sturm und würzte das Ganze mit jedem Fluch aus seiner 23-jährigen Schimpfwortbibliothek, doch es kam keine Reaktion. Nach einer Weile kam ich auch zu dieser seltsamen Situation, wohl um ihn zu beruhigen, aber was soll man da noch sagen, außer „fahr zur Hölle, Schlampe" und zwar möglichst schnell... nun gut, jetzt hatte sie ja eine Ducati und damit garantiert, unserer Meinung nach, absolute Vorfahrt auf dem „Highway to Hell". Warum haben wir diese italienische Unglücksmaschine eigentlich damals nicht zerlegt... sie konnte ja nichts dafür, dass zwei Ärsche sie wortwörtlich besaßen.

Es dauerte eine ganze Weile, bis Christian sich davon erholte, doch ein paar Wochen und viele Frust- und Alkoholgespräche inklusive vieler hundert Liter Flüssigkeit später war er wieder größtenteils hergestellt, wurde schon wieder, war ja „nur eine Frau" und davon gab's noch ein paar mehr und außerdem rief die nächste Festivität.

Die Pogues kamen mal wieder nach München, Christian und ich ließen uns den Gig diesmal nicht entgehen, tranken während der Hinfahrt eine Kiste, pogten zu Belfast-Rufen quer durch die Theaterfabrik und ließen uns das Reservesixpack auf der Rückfahrt auch noch schmecken, welches bei ihm und seinem nicht mehr ganz fabrikneuen VW Käfer schließlich deutliche Spuren hinterließ. Es dürfte so gegen 2 Uhr gewesen sein, als wir auf regennasser Fahrbahn von der Autobahnausfahrt Nord in die Goethestraße mit minimal überhöhter Geschwindigkeit einbogen und die Straßenverhältnisse vollkommen unterschätzten. Das Ergebnis war eine drei bis vier Umdrehungen dauernde Schleuderexperience quer über die Goethestraße, mit dem krachenden Ende der Vorderachse am Schanzer Bordstein. Das Rad wies danach eine gewisse Schräge auf, besser gesagt, es eierte wie ein Megaachter am Vaterlandsrad, aber es fuhr uns beide in Low Speed doch noch nach Hause. Was noch deutlich verwunderlicher war, war, dass um diese noch nicht ganz so späte Uhrzeit weit und breit kein Mensch unterwegs war, wir keinen gefährdeten und uns auch keine Polizei gefährdete, so verlief dieses mittelgroße Malheur zum wiederholten Glück für uns, im Bereich des „Das hätte auch ganz anders ausgehen können"-Gefildes. Bis zum nächsten Morgen...

Christian war auf der Zielgeraden seines Grundwehrdienstes und musste, komme was wolle, zu seiner Kaserne nach Neuburg gelangen. Das Hupen der nachfolgenden Autofahrer, die mit Recht befürchteten, dass das eine oder andere Rad sich aufgrund unkontrollierter, pausenloser Seitwärtsbewegung selbstständig machen könnte, beunruhigte ihn irgendwann auch nicht mehr. Die Polizisten kurz nach Irgertsheim dagegen sehr wohl, er musste anhalten, stieg in Bundeswehrkluft aus und brachte die Ordnungshüter nach einem erfolgreichen, langen Monolog dazu, ihn in Begleitung doch noch in den Fliegerhorst fahren zu lassen, dort blieb das geschundene Vehikel dann aber auch stehen, und wenn es heute nicht mehr dort ist, wird es wohl als Testziel oder Panzerüberoll-Blechhaufen doch noch einen Zweck erfüllt haben.

Christian musste sich jedenfalls heimfahren lassen und war fortan eine Weile immobil.

Suflaki oder Sirtaki

Das war ein weiterer Grund, neben der latenten Bequemlichkeit meiner Freunde, weshalb in der Folgezeit meine Kfz-Dienste gehäuft in Anspruch genommen wurden. Wie auch bei einem kleineren Ausflug in die halbschwäbische Pampa.

Ein Freund von Christian aus der Kaserne heiratete irgendwo in der Nähe von Augsburg seine griechische Traumprinzessin namens Aphrodite, nomen est omen, genau so sah sie aus, herrlich und eines durchtrainierten 22-jährigen Taekwondo Champions mehr als würdig.

Die Hochzeit war für einen Samstag geplant, am Tag davor war ein entspanntes Beisammensein inklusive eines gemütlichen Umtrunks im erweiterten Bekanntenkreis vorgesehen, da gehörte Christian dazu und da er nicht unbedingt alleine da hinwollte, ganz davon abgesehen, dass er kein Auto mehr hatte, nahm er uns einfach mit. „Uns" waren diesmal Jimbo, Julio, Ali und ich. War ein wenig eng, doch mein solider, gelber Audi 80 brachte uns, wie fast immer, sicher ans Ziel.

Ein großes Hallo, eine freudige Begrüßung, Grillfleisch, jede Menge Bier und Ouzo empfingen uns in Aphrodites Elternhaus. Nach einem launigen Spätnachmittag wurde es allmählich dunkel und der Alkohol zeigte langsam Wirkung. Julio begann den allwissenden Grillmeister zu spielen, Ali kam ins Diskutieren, Christian machte sich unentwegt Notizen, Jimbo fand einige andere Ouzo-Freunde und ich kam mit Aphrodites kleiner Schwester ins Gespräch. Eine sehr nette, etwas kleinere und bei weitem nicht so perfekte Version der unvergleichlichen Aphrodite, die ich auf etwa 16 Jahre schätzte, und da ich damals gerade 20 war, schien mir der Altersunterschied nicht allzu groß. Meine klassischen Sprüche vom Schriftsteller und Musiker zeigten mal wieder Wirkung, so dass sie schon bald begann, unter dem Tisch mein Knie zu streicheln, gefolgt von einem mir mittlerweile bekannten Blick und der Aufforderung, ihr zu folgen. Sie führte mich in die angrenzende Backwarenproduktionsstätte ihres Vaters, schon wieder eine Bäckertochter, und wir knutschten ein wenig herum.

Nach ein paar Minuten fragte sie mich lächelnd, wie alt ich sie denn schätzen würde. Ich entgegnete, mindestens 16, oder? „Danke", sagte sie, mich halten alle für älter, aber in Echt bin ich erst 14, ist das nicht toll... uuups... das geht ja gar nicht, ich war ausgesprochen fassungslos und wollte schlagartig die Situation auflösen. Schnell zu meinen Kumpels zurück, ging aber gerade nicht, da just in diesem Moment der Bäckermeister zur Tür hereinkam und mit energischen, griechischen Worten nach seiner jüngsten Tochter rief. Um die missliche Lage nicht eskalieren zu lassen, beschlossen wir zwei, uns erst mal hinter der großen Brotknetemaschine zu verstecken, bis sich die Situation wieder entspannte. Sie hatte sichtlich Spaß an der reichlich Adrenalin ausschüttenden Lage, mir war ganz und gar nicht wohl in meiner Haut, hatte ich doch überhaupt keine Lust darauf, die Kampfkünste des Schwiegersohnes in Spe am eigenen Leib zu spüren. Nach einer gefühlten Ewigkeit setzte ihr Vater, griechische Schimpfwörter in sich hinein murmelnd, seine Suche endlich in anderen Bereichen fort und wir konnten uns zurück zur Feiergesellschaft schleichen. Gerade noch mal gutgegangen und nach einem Bier und zwei doppelten Ouzo mit Jimbo war ich wieder beruhigt. Die Geschichte führte bei meinen Kameraden, wie nicht anders zu erwarten, zu mehreren unkontrollierten Lachanfällen, aber wenigstens behielten sie es für sich und keiner sonst bekam etwas mit, war ja gottlob nichts passiert, Glück gehabt...

Der Abend wurde anschließend immer feuchtfröhlicher, die Leute tanzten Suflaki oder Sirtaki und gegen Mitternacht kam Julio auf eine nicht ganz so intelligente Idee.

Anno Dazumal war in der Ingolstädter Disco Take Off Freitagnacht immer der Abend mit dem höchsten Frauenanteil, weswegen sich Julio, leicht hormonell beeinflusst, urplötzlich einbildete, jetzt sofort nach Ingolstadt zurückzufahren und ins Take Off zu gehen, um eventuell doch noch eine nette Matilde aufzureißen, der Frauenanteil auf der Party war dafür leider zu gering oder zu jung oder schon vergeben, und so wollte er unbedingt los. Davon abgesehen, dass er noch mehr als ich getrunken hatte, und ich konnte schon wirklich nicht mehr fahren, von dürfen gar nicht zu reden, überredete er mich, ihm den Schlüssel zu geben, er käme dann so um 4 oder 5 wieder vorbei, um mich abzuholen. Ein grenzwertiger Plan, den allerdings Ali und Jimbo ganz gut fanden, sie mussten ja nicht fahren, und sie fuhren mit. Christian und ich blieben da und harrten der Dinge.

Eine Stunde später stand Julio plötzlich breit grinsend in der Tür, hob seinen Arm und zeigte auf ein Pflaster auf seinem Unterarm und fing an zu erzählen.

Kurz nachdem sie aus dem Ort herausgefahren waren, erwies sich Julios Nachtblindheit als entscheidende Schwäche im Kampf, den rechten Weg nach Ithaka oder Ingolstadt zu finden, und da die anderen beiden viel zu viel mit dem Auslachen Julios ob seiner Orientierungslosigkeit beschäftigt waren, fuhren die drei kreuz und quer im Landkreis umher, ohne die ersehnte Bundesstraße zu finden. Das führte neben allgemeiner Belustigung auch zu Jimbos Vergleich mit den Irrfahrten des Odysseus.

Julio konterte, so lange ich meinen Bogen, mein Auto, noch habe, finden wir den Weg nach Hause. Leider schöpfte eine ortsansässige Polizeistreife die an der einzigen Ortsausfallstraße ihren stationären Wochenenddienst verrichtete, nach der vierten Vorbeifahrt des immer gleichen, gelben Ingolstädter Audis dann doch Verdacht und die Kelle kam zum Einsatz.

Selbstredend verursachte diese Situation bei Jimbo und Ali mal wieder einen hemmungslosen Lachanfall und als Julio die Polizisten mit einem freundlichen „Guten Abend, was gibt's, Herr Wachtmeister, und übrigens wissen Sie, wo es in das Take Off geht", begrüßte, gab es dann kein Halten mehr. Jimbo und Ali fielen aus dem Auto und kugelten sich vor Lachen auf dem Boden, selbst Julio musste jetzt herzhaft lachen, die einzigen, die diese Szene nicht ganz so lustig fanden, waren die Gesetzeshüter, die langsam grantig wurden, und Julio begann allmählich zu ahnen, was auf ihn nun zukam.

Er wurde zur Blutentnahme auf die Wache mitgenommen und abschließend in ein Taxi gesetzt, mit dem er die beiden anderen am Ortsende abholte.

Die hatten sich inzwischen die Zeit damit vertrieben, vorbeifahrende Autos anzuhalten und den Fahrern immer wieder „Dirty Old Town" von den Pogues vorzusingen, eine künstlerische Darbietung die ihrer Aussage nach sehr gut ankam, jedenfalls bekamen sie keine aufs Maul.

Jimbo fragte Julio: „Und, was ist jetzt, griechischer Held?" Julio entgegnete: „Odysseus spannt seinen Bogen nicht mehr und das wahrscheinlich eine ganze Weile".

Dasselbe sagte er dann auch zu mir, und Christian und ich konnten uns über sein sehr grobes Missgeschick ausgelassen amüsieren. Nur, was war mit meinem Auto? Wir packten unsere Sachen zusammen und marschierten los, nach etwa 500 Metern stand es auf dem Gehweg, alle Türen sperrangelweit offen, Licht an, Musik an, natürlich Pogues in ordentlicher Lautstärke und der Schlüssel im Zündschloss. Danke Julio, sehr vertrauenswürdig, wie immer. Egal, wir stiegen ein, ich war mittlerweile wieder halbwegs fahrtüchtig. Das Straßenschild, das zur Bundesstraße wies, war nur wenige Meter entfernt und stach mir sofort ins Auge, weswegen man unverzüglich nach Ingolstadt aufbrach, gegen 5 waren wir dann zu Hause, nur das vollkommen überschätzte Take Off hatte nach einer Kurzinspektion unsererseits leider schon zu.

MFC II.

Nach einigen weiteren Irrungen und Wirrungen im weiblichen Bereich, begab es sich ein paar Wochen später, dass unser Freund Bernti im Haus seiner Eltern in Reichertshofen eine gepflegte Hausparty für den engsten Kreis, plus einiger entfernt bekannter Mädels, gab.

Dazu gehörten auch Holly und Carry, zwei Mädels aus Berntis Nachbarschaft, die beide Christian sehr „süß" fanden.

Nach ein paar entspannenden Getränken, anregenden Gesprächen und anderem Party-Klimbim, kam Krusty, ein alter Freund Muxis aus noch älteren Eitensheimer Zeiten, auf die glorreiche Idee eines Versteckspiels im Mondschein. Zwei Gruppen wurden gebildet, sieben Versteckende und drei Sucher, der Spannungsbogen hielt sich für uns alle in Grenzen, aber da es Krustys Einfall war und er sonst nicht gerade vor Innovationen übersprudelte, taten wir ihm und uns den Gefallen. Die Außentemperatur ging gegen Null Grad, es war jahreszeitlich bedingt Herbst, ziemlich kalt, und die meisten versteckten sich gleich hinter der nächsten Mauer, um möglichst schnell wieder ins Warme zu kommen, nicht so Christian, der sich mit Holly und Carry in des Nachbars eigentlich zugesperrtem Gartenhäuschen kuschlig versteckte. Eine für alle drei spannende Situation, die wohl deren allgemeine Libido in Wallung versetzte, mit der Folge, dass dieses Trio-Fatal sich etwas näherkam, als es bei einem Versteck-Team üblich war, und das unvermeidliche Schicksal, oder sagen wir lieber die Sachen, die eben nach einander im Allgemeinen passieren, nahmen ihren Lauf.

Nach etwa einer Stunde wurden alle gefunden, sogar Christian und seine zwei Grazien, und man ging wieder zum gemütlichen Teil des Abends über, trank noch ein paar, rauchte etwas, legte Musik auf, redete sich heiß und war irgendwann soweit, dass man dann doch wieder in den Engelwirt wollte, wenigstens auf einen Feierabend-schnaps, es war ja schon spät...

Just in dem Augenblick, da man ins Auto steigen wollte, fiel Muxi ein, dass Krusty gar nicht mehr da war. Man ging um die Häuser der Nachbarschaft, weckte die dann nicht mehr ganz so gut gelaunten Anrainer mit einem lauten „Krusty, wo bist du" und „Komm raus, du hast gewonnen", begleitet von schallendem Gelächter, auf. Etwas später rumpelte etwas in der Nähe und wir sahen ihn von einem Hausdach herunterklettern, auf dem er ca. drei Stunden seinen Triumph des Versteckspielmeisters genoss, herrlich und überhaupt nicht unser explodierendes Lachen verstehend, immerhin hatte ihn ja keiner gefunden, doppelt herrlich und ein Running Gag für die nächsten Jahre. „Komm Krusty, geh schon mal vor, wir kommen dann nach...“

So oder so, ich war zu jener Zeit, wie eventuell schon mal nebenbei erwähnt, kurz davor, die Kneipe in Eichstätt zu eröffnen, und machte Christian ein eindeutiges Jobangebot, für das er sich allerdings eine Woche Bedenkzeit erbat.

Er musste sich erst mal für eine der beiden Ladys entscheiden, die er auf der Reichertshofener Zusammen-kunft kennengelernt hatte. Nach eingehender Prüfung der drei Optionen, mit H, mit C oder mit H und C, entschied er sich für die aktive Holly.

Von der etwas ruhigeren Carry hatte man in Zukunft nie mehr etwas gehört, jedenfalls nicht in unserem Bekanntenkreis und etwas anderes war aus unserem damaligen Selbstverständnis heraus sowieso nicht interessant.

Mit Holly erlebte Christian eine durchaus noch ausschweifendere Zeit und sie passte hervorragend gut in die immer noch sehr laute Chaosgemeinschaft, inklusive der Tatsache, dass Julio sie wie üblich attraktiv fand und den Rest der Damen auch und so weiter, jedenfalls übernahmen Christian und Holly ab Dezember 1993 den

Freitag im Planetenstüberl und waren ab diesem Zeitpunkt im Team.

Eine etwas lange Erklärung des Arbeitsstarts von Christian, aber meiner Meinung nach, und nichts anderes ist in diesem Buch selbstverständlich relevant, zwingend notwendig, um die ab und zu zu entdeckenden Handlungsstränge der Zukunft halbwegs nachvollziehen zu können... und jetzt geht es endlich nach Eichstätt.

Kneipenalltag?

„Guten Morgen, Deutschland", 11 Uhr vormittags, wieder mal nicht nach Hause gefahren, am Kneipenstart wohnte ich noch in meiner Ingolstädter Kellerwohnung, sondern über dem Laden geschlafen, Auto ging einfach nicht mehr.

Am Anfang der gastronomischen Tätigkeit hatte ich immer die Meinung, mit allen Leuten unbedingt mit trinken zu müssen, um ein wenig Stimmung zu verbreiten, im Nachhinein ein absoluter Unsinn, denn es kamen sehr viele Gäste, und auch meine damalige, fast unbegrenzte Trinkkondition hatte zu später Stunde ihre Grenze. Mit dem Resultat, dass ich mir wohl oft nicht mehr an die von den Kunden konsumierten Getränke erinnern konnte, welches mir auch prinzipiell egal war, ein echter Kaufmann eben, solange nur die Bude voll und im Geldbeutel genug drin war, und das war es auch am Anfang, mehr als genug. Selbstverständlich dachte ich noch nicht soweit, dass irgendwann das Finanzamt kommt, und die Stadtwerke und die Einkaufs- und Renovierungskosten, der allgemeine Lebensunterhalt, ein brauchbares Fahrzeug usw... außerdem hatte ich ja noch meinen Kredit an Carlos zurückzuzahlen, auch monatlich 500 Mark, und plötzlich war der täglich volle Geldbeutel deutlich dünner, wenn man die unvermeidlichen Unkosten gleich wegrechnete, auf unnötige Versicherungen, Rente, Leben, Krankenversicherung hatte ich sowieso schon verzichtet. Es dauerte allerdings ein knappes Jahr, bis ich das kapierte, viel zu viel gefeiert, etwas zu wenig mitgedacht, aber egal, es machte einfach riesigen Spaß, denn das Planetenstüberl entwickelte sich in kürzester Zeit zum besten Eichstätter Gute-Laune-Etablissement aller Zeiten.

Der Laden passte auch genau in die Zeit, Grunge war überall, meine Musik, mein Lebensgefühl, mein Stil, schon Jahre vorher gelebt und jetzt sozusagen offiziell massentauglich. Einer der wenigen Zeitabschnitte der Musikgeschichte, in der man Radiomusik am Tag und in der Lieblingskneipe am Abend hören konnte. Ein anderer Aspekt der Gaststätten-Zeit-Kompatibilität war der Versuch, meinen altehrwürdigen Ingolstädter Engelwirt so weit wie möglich zu kopieren. Als erstes mit der Musik, das war das Leichteste, dann kam die Einrichtung, insbesondere die Theke, die mir Ellis Lebensgefährte Carlos, in meisterlicher Perfektion zu einem Freundschaftspreis zusammenzimmerte. Drei Tische bekam ich aus Ellis Gerümpelschuppen geschenkt, dazu noch ein paar heilige, im Weihnachtsfrühschoppen eigenhändig heruntergerissene Lampen, ein Duzend Kerzen, frische Farbe an die Wand und fertig war der Engelwirt II.

Zum dritten war ich genau im richtigen Alter. 25, volle Energie, aufnahmefähig, neugierig und unbegrenzt feierwütig. Eine wunderbare Mischung, die sehr, sehr viele Menschen magisch anzog, natürlich auch einige Mädels, die ja der Grundstock einer jeden erfolgreichen Trinkhalle sind, denn, wie jeder weiß, kommen die Jungs von selbst, wenn die Damen schon da sind. Im Umkehrschluss heißt das aber auch, dass man höllisch aufpassen muss, nicht zu viele damenvertreibende Herren inside zu haben, denn wenn keine Weibchen mehr drin sind, sind auch die Männchen, bis auf ein paar auf Dauer sehr ermüdende Barflys, irgendwann draußen und dann kann man eigentlich zusperren.

An dem Tag, an dem ich den Vertrag unterschrieben hatte, hatte meine damalige Freundin Billy schon eine böse Vorahnung. „Ein paar Wochen nachdem du den Laden aufmachst, wirst du eine andere kennenlernen." Sie hatte leider, oder Gott sei Dank, Recht.

An einem späten Samstagabend kam eine junge Lehramtsstudentin mit ihrer Freundin an die Theke und bestellte zwei Bier. Ein Blick genügte und ich wusste sofort, hoppla, die ist etwas Besonderes. Wie gut, dass ich der Wirt war und wie immer eine Aushilfe brauchte... Muxi, der an diesem Abend mit mir arbeitete, verstand sofort, dass er augenblicklich entlassen gewesen wäre, wenn die Dame den Job denn haben wollte, vielleicht sollte ich sie mal fragen... und wie hieß sie überhaupt, ich war unglaublich nervös, ein gutes Zeichen, und ich fragte sie.

Julia... alles gut.

Da war es um mich geschehen und ich spielte den Rest des Abends ihre Lieblingslieder, gab einen Schnaps nach dem anderen aus, Muxi begrüßte ihre Freundin die aber trotzdem oder gerade wegen ihm alsbald nach Hause ging, und mein Glück nahm seinen Lauf.

Endgültig war alles klar, als ich ihr das Reinigen der Theke vorführen wollte und wir uns auf wenige Zentimeter annäherten, ein Moment, der sich in einer gewaltigen, elektrochemischen Implosion in unser beiden Köpfen entlud, wow, welche zwangsweise zu unserem ersten Kuss führte, wieder knallte es, blitzartig, großartig, einzigartig, gefolgt von einem wahnsinnigen all-inclusive Bauchgefühl. Körper und Geist verschmolzen in diesem einen göttlichen Augenblick.

Wer dieses Gefühl einmal erlebt hat, der hat nicht umsonst gelebt, wer nicht, sollte alsbald auf die Suche gehen, denn das ist, neben dem Genverbreitungs-Akt-Nebeneffekt (Kinderkriegen), der Sinn des Lebens.!?

So oder so, wir waren beide leicht betrunken und ich konnte sie in diesem Zustand nicht mehr heimfahren lassen und lud sie auf meine Matratze oben drüber ein. Sie stimmte nach kurzem Zögern zu, schaffte aber die Treppe in den 1.Stock nicht mehr aus eigener Kraft. Mit Muxis Hilfe schoben wir sie dann gemeinsam treppauf, er verabschiedete sich, Julia und ich fielen auf die Schlafgelegenheit und schliefen sofort ein.

Irgendwann am Vormittag wachte ich auf und bemerkte, was da für ein wunderschönes Mädel neben mir lag, weckte sie sehr, sehr nett auf und verbrachte daraufhin den bis dato schönsten Vormittag meines Lebens mit ihr. Uns war klar, dass wir ab sofort zusammen waren. Das einzig Unschöne war der Gedanke an die auch sehr liebe Billy, die ich wohl schon bald darüber informieren musste, denn zwei Damen sind immer eine zu viel, das wäre Quatsch, denn man kann seinen Gefühlen nie freien Lauf lassen, hat immer was im Hinterkopf, ist nie emotional vollkommen frei und kann sich nicht zu 100% dem Glück hingeben, das geht einfach nicht.

Aus irgendeinem Grund machte ich das nicht sofort, sondern wartete noch ein paar Wochen, was selbstverständlich zu Komplikationen führte, erstrecht an einem Partyabend, als die beiden zusammen arbeiten mussten.

Billy war wie immer sehr hilfsbereit, Julia war nicht ganz wohl in ihrer Haut, und ich hockte aufgrund meiner permanenten Aufschieberei zwischen zwei ausgesprochen hübschen und liebenswerten Stühlen. Das ging nicht mehr lange gut und Billy merkte das und stellte mich zur Rede, es kam raus, es flossen Tränen, Julia fuhr heim und Billy und ich redeten die ganze Nacht, doch es gab kein zurück. Im Morgengrauen sah sie es irgendwie ein und verließ mich, alles war auf einmal anders, ungewohnt, ich war allein, sie war weg und ich frei für Julia.

Nach einer kurzen, aber heftigen Morgendepression mit dem Gedanken, bei Billy anzurufen, rief ich bei Julia an, sie kam vorbei und alles war wieder gut und das blieb es auch die nächsten fünf Jahre.

Jedoch, arbeiten ließ ich sie bis auf wenige Ausnahmen nie mehr wieder in meinem Laden, die Gefahr, dass ein anderer sie ansprechen und vielleicht für sich begeistern könnte, erschien mir viel zu groß und seine große Liebe will man schließlich nicht verlieren, eine Manie, die folgerichtig in späterer Zeit immer wieder zu Missverständnissen führen sollte. Der Fluch und der Segen des Kneipiers, man lernt zwar schnell jemand kennen, nur, das Lämmchen zu behalten, bei dem allgegenwärtigen Wolfsrudel, ist nicht immer so einfach...

Pille und Palle

Neben all den positiven Aspekten in der Gastronomie gab es natürlich leider auch etliche negative Erlebnisse. Das begann meistens immer am Anfang (wann beginnt es nicht am Anfang), kurz nach 8, wenn man darauf wartete, dass die ersten Gäste kamen, und ging weiter, bis die Kneipe endlich anständig gefüllt war, so um etwa 22 Uhr, dann machte es Spaß, doch bis dahin sind es immer dieselben drögen zwei Stunden, voller Selbstzweifel und ausgeprägter Depression und das Tag für Tag. An manchen Tagen in den Semesterferien oder wenn irgendwo sonst eine Veranstaltung war, von mir in verniedlichender Form Zwischentage genannt, kamen bis zum Schluss nur ein paar Gäste rein und die wenigen schauten sich um, murmelten irgendwas von „nix los" und gingen wieder, sehr, sehr unangenehm.

Der geplante Tagesumsatz von etwa 300 Mark entfernte sich an solchen 30-Mark-Abenden dann doch erheblich, denn um den Schnitt zu halten, musste man am nächsten Tag schon das Doppelte schaffen, schwierig, allerdings gab es das Stüberl mit drei bis vier richtig guten Tagen trotzdem her, der Laden war gut und er lief sehr ordentlich, trotz meiner ausgeprägten finanziellen Inkompetenz, anders gesagt, ich hatte andere Prioritäten, wie bereits erwähnt.

Und wieder ein Argument für die These, dass jeder Wirt eine Frau, oder einen Freund, an seiner Seite braucht, die, oder der, die Finanzen regelt, Steuererklärungen macht und einfach der Herr der Buchführung ist, da hätte man sich eine gewaltige Menge Geld sparen können. Aber gut, das weiß man beim Sichkennenlernen ja nicht. Entweder war es Liebe, oder wenn, wie viel früher einmal, der Trieb rief, ging es bei mir auch noch nie ums Geld, wäre ja auch traurig gewesen...

Apropos schade, da fällt mir der absolut negativste Aspekt des Gastwirtlebens ein, Arschlochgäste, im weiteren Verlauf der Einfachheit halber AGs genannt.

Nachdem ich nach ein paar Wochen die übelsten Penner aus dem Lokal verbannen konnte, blieben des Späteren nur noch eine Handvoll AGs übrig, mit denen ich mich jahrelang herumärgern musste, teils, weil ich zu inkonsequent beim Rausschmiss war, teils gelobten sie immer wieder Besserung, hielten das ein paar Wochen durch, integrierten sich halbwegs, bis dann wieder der gemeine AG durchkam und alles wieder von vorne begann. Lästig, überflüssig und auch mein Fehler, denn ich war viel zu geduldig, demzufolge inkonsequent, mit dem Ergebnis, dass ich wegen dieser wenigen AGs viele Gäste verlor, nicht gut.

Das Grundprinzip meiner grundsoliden Grundeinstellung ist der Glaube, dass jeder Mensch im Grunde eine gute Seite hat, daran glaubte ich eine ganze Weile, bis sie mir das Gegenteil bewiesen und zwei besonders unsympathische AGs schafften das in sehr unangenehmer Weise.

Nennen wir sie Pille und Palle, ihre wahren Namen sind nicht erwähnungswürdig.

Eines schönen Abends kam Pille in der ersten Woche des Ladens herein, mit einer Frau, ganz entspannt, von irgendwelchen Glatzen angemacht, sich von ihnen distanzierend, einfach nur gemütlich sein Bier trinkend, soweit kein Grund zur Sorge. Es ging mit ihm erst so richtig dahin, als diese Frau ihn verließ, glaube ich jedenfalls, sie wird mit Sicherheit gute Gründe gehabt haben. Mit ihr verlor er auch ihren „normalen" Freundeskreis und er suchte sich daraufhin neue Freunde und zu seinem Unglück gehörte Palle dazu.

Palle war ein Idiot vor dem Herrn, immer besoffen, 15 Jahre älter als ich damals und geistig so minderbemittelt wie der Durchschnitts-Inuit beim Beachvolleyball, wobei der Inuit bei ausreichend Training garantiert auch ein vernünftiger Beachvolleyballspieler werden könnte. Bei Palle war Hopfen und Malz verloren, wobei ich diese zwei edlen Gewächse nicht in Zusammenhang mit diesem Ober-AG setzen möchte.

Nachdem Pille also seine Frau durch seine garantiert eigene Schuld versemmelt hatte, fiel er zunehmend durch aggressives Allgemeinverhalten auf. Er bekam diesen seltsamen Blick, Kopf geneigt, Augen von unten nach oben, ziellos, verfolgt und kurz vor der Klapse, aber das dauerte nicht mehr lang. Nach ein paar zwangsläufigen Polizeikontakten kam er eine Weile in die Geschlossene, bekam Pillen, wurde ruhiggestellt, kam wieder raus, setzte die Pillen ab und fuhr wegen Körperverletzung erstmal wieder ein, diesmal in den Knast. Im Gefängnis pumpte er sich auf und kam noch viel schlechter gelaunt wieder zurück.

Palle hingegen vermied, wenn möglich, die direkte Konfrontation, außer er war total dicht, das kam auch nicht so selten vor. Nebenbei hatte er auch immer wieder das Talent, an den Falschen zu geraten, anders gesagt, er bekam ständig eine aufs Maul, was seinem ohnehin nicht ausgeprägten Denkvermögen auch nicht unbedingt zuträglich war. Besonders kräftig bekam er eines Tages im Residenzcafé eine eingeschenkt. Nach einem Disput mit einem Gast, es war mein guter Kumpel Bernard aus Wales, seines Zeichens Ex-Rugbyspieler, kräftig und leicht zu reizen, aber auf jeden Fall ein wunderbarer Mensch und von sich aus niemals aggressiv, doch stets bereit sich zu wehren.

Es begab sich an diesem Nachmittag in diesem kleinen versteckten Tagescafé in der Pfahlstraße, das Palle und Bernard wegen irgendwas verschiedener Meinung waren. Bernard war die Diskussion irgendwann zu niveaulos, er beleidigte Palle noch stilvoll, drehte sich um und wandte sich seinem Bier zu. Palle wie immer hohl, wie das, welches wir gewöhnlich die Toilette herunterspülen, und dicht wie jeden Tag, war mal wieder beleidigt, hob einen Barhocker hoch und wollte ihn Bernard über den Schädel ziehen. Dieser bekam Palles ungeschickten Versuch aus dem Augenwinkel natürlich mit, drehte sich blitzschnell um und verpasste ihm eine saubere Gerade direkt auf die Nase, welche Palle augenblicklich ausknockte, mit der Folge, dass ihm der von ihm erhobene Barhocker auch noch auf den Kopf fiel. Ein herrliches Bild, wie gern wäre ich da persönlich anwesend gewesen, ich hätte mich erstens totgelacht, zweitens Bernard einen Doppelten ausgegeben und drittens dem Wirt des Resi beim Aufräumen geholfen.

Das nächste Mal hatte ich das Vergnügen, Pille und Palle im absurden Doppelpack zu erleben, Pack zieht sich bekanntlich an, wie auch diesmal.

Es war ein entspannt chaotischer Unter-der-Woche-Abend, ich arbeitete ausnahmsweise einmal allein, alles relaxed, bis gegen 22 Uhr die zwei Unruhestifter den Raum betraten. Sofort stockte die Stimmung und ich erklärte ihnen ruhig aber bestimmt, dass sie hier nicht mehr willkommen sind, Elli im Engelwirt zu Ingolstadt reagierte in solchen Fällen mit einem nicht ganz so diplomatischen „verpisst euch". Die zwei AGs reagierten auf meinen freundlichen Abschiebeversuch, wenig überraschend, ausgesprochen erzürnt, das wusste ich auch vorher schon. Anschließend kam es in der Mitte des Raums zu einem heftigen Wortgefecht, in dessen Verlauf sich die etwa zehn anwesenden Gäste an meine Seite stellten, um die zwei Schmocks zum Gehen zu verleiten, ohne Erfolg.

Nicht nur das, Pille tickte jetzt vollends aus, zertrümmerte einen leeren Weizenstutzen und hielt mir die abgebrochene Hälfte drohend entgegen. Ich blieb unbeeindruckt stehen und erinnerte ihn an die Stüberl-Anfangszeit, als wir uns ein paar Wochen ganz gut unterhalten konnten. Diese Erinnerung kam zu meinem Glück zurück in sein krankes Hirn, er schleuderte den Glasrest auf den Boden und verschwand mit seinem nicht minder kranken Kompagnon. Irgendwann am frühen Morgen hörte ich in meinem obenliegenden Schafgemach „Juden raus"-Rufe, gefolgt von zerbrechenden Bierflaschen und einer Polizeisirene, da sind die Deppen wohl noch mal zurückgekehrt.

Die nächste negative Aktion, die ich von Palle sah, war, dass er am Eichstätter Altstadtfest verhaftet wurde, weil er Ärger an einem Cocktailstand machte.

Das nächste und letzte was ich von Pille mitbekam, war der Fall, dass er seinem Erzeuger ein spitzes Werkzeug in den genetisch bedingt versoffenen Denkapparat rammte, er mit blutverschmierter Kleidung die Westenstraße entlang wankte, von der Polizei aufgegriffen und zu einer sehr langen Haftstrafe verurteilt wurde. Hoffentlich mit Sicherheitsverwahrung, so dass er nie wieder herauskommt, denn manche Menschen ändern sich ab einem gewissen Punkt nicht mehr zum Guten, und wer will schon einen Amokläufer in der Eichstätter Innenstadt, diese Gefahr besteht, denn für den geht es um gar nichts mehr und das sind die gefährlichsten Arschlöcher.

Nun gut, weglaufen geht nicht, das war schon früher so und das gilt auch jetzt noch, ich werde hierbleiben, insofern komme, wer oder was wolle. Ein Gruß an alle Pisser, die ich schon aus meinen Läden entfernen musste, ich muss hierbleiben und wenn daraus irgendwann ein Disput entsteht, dann ist es eben so, zur Hölle mit euch...

PS: Nein, nein, nein, so etwas würde ich niemals schreiben. All die Spackos, die ich mit Recht des Feldes verwiesen habe, habe ich schon lange nicht mehr gesehen, was nur bedeuten kann, dass sie entweder im Reich des Todes oder in einem Schwulenpuff gelandet

sind, zwei Orte in denen ich noch nie verkehrte... so oder
so... auf Nimmerwiedersehen.

Zeit is Worn

Die ersten Wochen als Wirt gingen mehr recht als schlecht vorbei, man verdiente ganz gut, feierte noch besser und das alles in dem wunderbaren Hochgefühl meiner neuen Beziehung mit Julia. Eine grandiose Zeit, vor allem, weil ich mir den Freitag immer noch als Furtgehtag für meine immer noch konkurrenzlos feiersüchtigen Ingolstadt-Freunde freigehalten hatte.

Nahezu perfekte zwei Monate, jede Stunde zu schade, um sie zu beenden, und keine Zeit zu schlafen. Dementsprechend sah ich ähnlich fertig wie in meiner Bundesbahn-Nachtschicht-Zeit aus, just like Ernst Happel.

Für nicht fußballfeste Leser, Ernst Happel war der letzte Meistertrainer des HSV, der leider im zarten Alter von 70 plus seinem exzessiven Zigarettenkonsum Tribut zollen musste, allerdings bis kurz vor Schluss noch auf der Trainerbank saß und dementsprechend aussah. Als der Krebs dann endgültig hallo sagte, war es dann doch ganz flott mit ihm vorbei. Er wird übrigens noch immer als einer der größten Trainer der Bundesligageschichte von allen echten Fans verehrt und das zu Recht.

Anyway, äußerlich war ich damals nicht ganz so optimal, doch mein positiver Gesamtzustand überstrahlte Tag für Tag die müden Augen und die blasse Haut, denn innerlich explodierte ich vor Glück und darauf kommt es letztendlich an, wieder eine der „Best Times of my Life".

Kurz vor Weihnachten kam dann der Donnerhammer. Ein Anruf aus dem Klinikum Ingolstadt. Meine Mutter hatte Krebs im Endstadium. Nun... alles nicht ganz so überraschend, denn als ich sie vor ein paar Monaten das letzte Mal sah, sah sie noch ungesünder aus als sonst. Ich ahnte damals schon, dass es mit ihr nicht mehr lange gehen würde, aber wie man es eben macht in solchen Situationen, man hofft, dass sie selber klarkommt, was sie seit zehn Jahren kaum noch schaffte, und man hofft, dass der unvermeidliche Moment sich noch möglichst lange in die Zukunft verabschiedet, alles Unsinn, denn jetzt war er da, kann man nichts machen und damit begann für mich der Stress. Schon klar, dass es für sie auch nicht so angenehm war, aber Sterbebegleitung war für mich damals noch Neuland.

Ich musste meinem Bruder klarmachen, dass die Mutter nicht mehr in die schimmlige Obdachlosenunterkunft in der Regensburgerstr. 24 1/3 zurückkehrt. Ich versuchte ihn zu überreden, nach Eichstätt überzusiedeln, er hätte eine Gratis-Bude über der Kneipe und ich würde in kürzester Zeit für ihn Arbeit finden, wenn nicht bei mir, dann bei zahlreichen neuen Bekannten, da ging immer was, hoppla, das ist ja ein Vorteil des Gastronomiewesens.

Wäre er damals mitgekommen, hätte sich vieles komplett anders entwickelt, ich verstehe es immer noch nicht. Das Gespräch mit ihm, durch eine geschlossene Tür geführt, war natürlich zwecklos, er hatte seine tägliche Spaziergehroute, die auf gar keinen Fall geändert werden konnte. Außerdem wäre das ja eine Veränderung, die auch im Angesicht des traurigen Momentes für ihn in keinster Weise akzeptabel schien.

Irgendwann gab ich auf, sammelte ein paar noch nicht sporenbefallene, persönliche Gegenstände ein und verabschiedete mich. Es ging ins Klinikum, ein kurzer Smalltalk und ich erlangte die deprimierende Gewissheit, dass Muttern immer noch nicht wusste, was sie erwartete. Sie bat mich, eine mobile Einzelherdplatte von der Reparatur beim Woolworth abzuholen. Bis zu diesem Moment wusste ich gar nicht, dass man beim Woolworth etwas reparieren lassen konnte, jetzt wusste ich es, zahlte 15 Mark für die Reparatur einer Einzelherdplatte, die 19,99 Mark gekostet hatte, egal, ich machte mit dem Vorzeigen der jetzt funktionsfähigen Heizplatte am

Krankenbett meiner Mutter, ihr immer noch eine Freude und darauf kam es ja an... sie dachte übrigens immer noch, dass sie bald wieder heimgehen konnte.

Nach diesem Tiefschlag fuhr ich im Stüberl erst mal halbe Kraft und schaute jeden Tag bei meiner Erzeugerin im Klinikum vorbei. Ich lernte die Cafeteria- und die Kiosktante kennen, beide übrigens zu alt (es war immer noch die Rock'n'Roll- Zeit), kaufte ab und zu eine Kleinigkeit ein und ließ die Zeit vergehen.

Etwa 14 Tage später wurde ich an einem verschneiten Vormittag angerufen, es war vorbei... mir blieb noch, meine sehr anstrengende Großtante einzupacken, zur Klinik zu fahren, irgendwas zu unterschreiben und beim Bestattungsunternehmer das Begräbnis zu planen.

Aus irgendeinem Grund gingen wir zur „Trauerhilfe" Denk, reine Gewohnheit, mit diesem Anbieter hatten wir auch schon die Oma unter die Erde gebracht und nebenbei lag er räumlich günstig, nur wenige Schritte vom Krankenhaus entfernt, welch Zufall. Die nicht unerheblichen Kosten für eine normale Sargbestattung, Großtante mochte keine Feuerbestattung, sie dachte wohl das könnte auch dann noch weh tun, zahlte Großtantchen jedenfalls.

Eine Woche später rief dann der Friedhof, wir mussten noch das unvorhandene Erbe offiziell ablehnen und die traurige Sache war erledigt.

Fast... In einem weiteren Gespräch versuchte ich meinen starrköpfigen Bruder noch mal zum Umzug nach Eichstätt zu bewegen, er müsse jetzt sowieso raus aus der Wohnung und ich hätte ihn gern in meiner Nähe, wäre für uns beide das Beste, für mich psychologisch, für ihn existenziell, aber, wie nicht anders zu erwarten, blieb er so lange in dem Loch, bis ihm städtisch bezahlte Umzugshelfer in die neue Low-Budget-Wohnung halfen. Ein Appartement in der Richard-Strauss-Straße, ganz in der Nähe von Jimbo übrigens. Eine noch saubere 1½-

Zimmer- Wohnung im zweiten Stock eines ähnlichen Hochhaustyps wie jenem, in dem ich schon mit ihm die ersten zwölf Lebensjahre verbrachte, ganz in Ordnung, der Kreis schloss sich, nett ausgedrückt.

Und wenn er nicht gestorben ist, dann lebt er da noch heute... keine Ironie und leider kein Märchen.

Nebengeräusche

Auch der (bevorstehende) Tod hatte seine guten Seiten, man besann sich wieder auf die traditionellen Werte und versuchte, das eigene Leben möglichst stressfrei zu gestalten, keine Zeit der Revolution oder des Freigeistes, einfach zurück zu den Basics.

Erinnert mich ganz stark an das Amerika unter George W. Bush, in dem über die gesamte Regentschaft eine maximale Drohkulisse aufrechterhalten wurde, in welcher der gemeine Bürger sich jeden Tag bei seiner Führung zu bedanken hatte, dass er den morgigen Tag noch erleben durfte. Dadurch wurden die Einheimischen vom Nachdenken über die nicht vorhandene Fähigkeit ihrer Leader abgelenkt. Das funktionierte für die macht- und geldgeilen Republikaner selbstverständlich wunderbar, aber irgendwie schaffte der wahrscheinlich schlechteste US-Präsi ever es trotzdem nicht, die Verfassung zu ändern, um sich noch die eine oder andere zusätzliche Amtszeit zu gönnen, und das Worst-Case-Szenario der Partei des Bösen trat ein.

Ein richtig guter, fähiger Politiker aus der Partei der Demokraten erschien und er war auch noch schwarz, schlimmer geht's ja kaum. Der Mann hieß Obama wurde Präsident und versuchte bis zum Ende seiner Amtszeit, den Scherbenhaufen der Reps zusammenzukehren, Kriege zu beenden und die Leute heimzuholen, die Wirtschaft wieder anzukurbeln, die soziale Spaltung nicht noch weiter voranzutreiben und die Welt vor einem dritten Weltkrieg zu bewahren. Nicht gerade wenig und allzu viel konnte er leider auch nicht bewegen, zu viel verbrannte Erde, aber das Primärziel hat er bis zum Erscheinen dieses Buches wenigstens geschafft... Respekt.

Das wäre unter einem Rep-Depp ganz anders gewesen, aber das sahen die schon in Buch 1 erwähnten, nur bis zu ihrem Gartenzaun denkenden Schmalspurgehirne natürlich anders. Mögen sie ihre Kurzsichtigkeit mit ins Krematorium nehmen, dann löst sie sich in das auf, was sie ist... eine stinkende Blase im gewitterwolkenverhangenen, schwarzen Himmel.

Was für ein Sprung, und zurück, von der hoffnungslosen Weltpolitik zum vergleichsweise rosa Eigenleben.

Nach der für alle Beteiligten unangenehmen Krebsdiagnose war dummerweise ein paar Tage später Weihnachten, und das hieß Weihnachtsfrühschoppen im Ingolstädter Engelwirt, und der würde mit mir oder ohne mich stattfinden, doch komme, was wolle, das ließ ich mir nicht nehmen, hätte ja auch nichts geändert. Der heilige Frühschoppen war (und ist) eine Ansammlung von guten und weniger guten Freunden, nicht blutsverwandter Familie und Menschen, die man teilweise, oder im Ganzen, schon lange nicht mehr gesehen hat, alles in allem mehr als kultverdächtig, einfach herrlich, der schönste Tag des Jahres eben.

Crossover-Mas

Weihnachten '93, es war ne Menge passiert in den zwei Monaten, seit ich die Kneipe aufgemacht hatte.

A Lot of Partys gefeiert, eine Freundin verloren, eine gewonnen, viele neue Bekannte kennengelernt und einige alte dafür aus den Augen verloren, die Krankheit in der blutsverwandten Familie, die immer noch nicht endende Erlebnissucht in meiner mir viel sympathischeren „Freunde Family" und die bisher aufgrund fehlender Mittel unbekannte Lust, die ein prall gefüllter Geldbeutel nach einem sehr profitablen Abend beim Zählen der vielen griffigen Geldscheine verbreitet. Das macht dann übrigens anschließend noch mehr Spaß, wenn man ein- bis zweimal die Woche ein paar tausend Mark auf sein Konto einbezahlt. Bankbesuche verbreiten nur dann wahre Freude, wenn die Kassiererin bei deinem Anblick schon die Geldscheinzählmaschine anwirft, weil sie keinen Bock hat, den ganzen Haufen von Hand zu zählen. Ein sehr gutes Zeichen für ein gut angelaufenes neues Geschäft und überhaupt ein weiterer sehr positiver Punkt in einer durchaus optimalen Highspeedzeit.

Alles lief perfekt bis zu diesen gottverdammten Tagen kurz vor Weihnachten, die alles kräftig abbremsten.

Eine Sache ließ ich mir, wie gesagt, jedoch nicht nehmen, das war der seit drei Jahren legendäre Weihnachtsfrühschoppen. Wobei man, ehrlich gesagt, nach drei Jahren noch nicht ganz von einer Legende sprechen kann, aber die ersten drei Frühschoppen waren einfach überragend intensiv, positiv, mit einem Hauch von Lametta.

Die Idee war aus dem Umstand geboren, dass einige Leute Weihnachten lieber mit ihren Freunden im rauschenden Stil, statt bedächtig mit ihrer Verwandtschaft begehen wollten. Damals hatte man im Freundeskreis noch keine Kinder und demzufolge auch

keine Verantwortung, außer für sich selbst, und das...
bremste kein bisschen.

Beim ersten X-Mas-Vormittagstreffen waren wir noch
weitgehend unter uns, hatte auch was, beim zweiten war
die Bude schon voll und es wurde von 10-14 Uhr
ausgelassen und friedlich auf Last Christmas & Co
getanzt. Der dritte, jetzt sind wir wieder 1993, war dann
doch ein wenig anders.

Punkt 10 Uhr war Treffpunkt, und 10 heißt auch 10, wer
zu spät kam, musste „leiden". Wie Ali, der es nach einer
gemeinsam durchzechten Vornacht nicht mehr recht-
zeitig aus dem Bett schaffte und demzufolge als einzig
unpünktlicher des „harten Kerns" ein Bier auf Ex trinken
durfte. Klingt nicht so heftig, doch wenn man erst eine
Stunde vorher aufgewacht ist, kommt das nach dem
intravenös inhalierten Morgenkaffee ausgesprochen
„killing".

Killing... da war doch was, Killing in the Name of, ein
Song der ersten „Rage against the Machine"-CD, mit
dem grenzwertigen, brennenden Mönch auf dem Cover.
Dieses Album wirkte wie ein Brandbeschleuniger im
sowieso schon vor Energie glühenden Engelwirt. Keine
CD hatte jemals eine explosivere Wirkung auf die
Gemeinschaft.

Mit einer Mischung aus Bass und verzerrtem Gitarren-
lauf ging der Song los... man sprang hoch, hielt sich fest,
schrie laut auf und wollte irgendwas kaputt machen und
das passierte auch. An diesem Abend, als Ali die CD
dabeihatte, schlug irgendwer, wahrscheinlich ich, mit
dem Barhocker im Hochgefühl des Bombtracks, ein
weiterer Song des Meisterwerk-Albums, auf den
nächstgelegenen Marmor-Stehtisch ein, mit dem
Ergebnis, dass sowohl der Tisch als auch der Hocker
zerbrach. Ein ausgelassenes „Aaaargh" säumte diesen für
uns alle höchst energetischen Moment. Der Rest der
Meute krallte sich an den anderen Möbeln fest und riss

daran, der Beat emotionalisierte, „Killing in the Name of" hallte es durch die heiligen Hallen, und Elli, immer noch die Wirtin, wurde zunehmend nervös. „Fuck You, I won't do what you told me", schrien die Gäste mit maximaler Kehlkopfkraft, wieder und wieder. Ein sensationell überladenes Sonntagnachtvergnügen, mehr, mehr und noch mehr... bis irgendwann das Lied doch zu Ende war und wir es noch mal auflegten... again and again.

Am nächsten Tag präsentierte uns Elli die Rechnung, wir legten zusammen und schon hatte sie ein paar neue Möbel, aber das war es allemal wert. Ein kleiner Abschweifer vom E-Wirt-Schoppen, aber allemal tauglich für das durchaus vergleichbare Momentum des Weihnachtsfrühschoppens.

Wie schon punktuell angemerkt traf man sich am 24.12. um Punkt 10, sondierte die Lage und begann, die nächsten Minuten zu planen. Es waren erwartungsgemäß alle da und Jimbo hatte gleich eine verhängnisvolle Eingebung. Da wir aus jahrzehntelanger Tradition zum ersten Bier immer auch einen Kurzen tranken, im ersten Jahr Stonsdorfer, dann Tequila weiß, dann Braunen und später Jägermeister, und diese Gewohnheit bei so vielen Leuten irgendwann ins Geld ging, beschloss Jimbo Elli nach dem Preis für eine Flasche Schnaps zu fragen. Man einigte sich auf 50 Mark, war in Ordnung und geteilt durch zehn auch entspannt bezahlbar. Der Nachteil an der 30%-Kostenersparnis war, dass, wenn der eine oder andere, womöglich vom Vorabend geschwächt, ausnahmsweise mal auf den Starter verzichten wollte, er es nicht konnte, da automatisch zur Begrüßung eine Flasche Höllenwasser schon da stand, mitgefangen, mitgehangen und das Glück nahm seinen Lauf.

Durch die sehr viel zu frühe Zeit, wir tranken normalerweise nie vor Einbruch der Dunkelheit, eine Regel die dem Körper immer wieder die Chance lässt, sich halbwegs zu regenerieren und in Verbindung mit einem allgegenwärtigen, sprich aufgrund des beinahe pausenlosen Konsums sich auch nicht abbauenden Restalkohols, ergab sich innerhalb weniger Minuten eine ausgesprochen ausgelassene Stimmung. Was für ein Satz.?

Der Clan war locker, man aß fette Bauernwürste und aufgeplatzte Weißwürste, erzählte sich, wer im letzten Jahr mit wem was gehabt hat und warum. Man erzählte sich vor allem auch, was alles schiefgelaufen war, wer von wem wahrscheinlich betrogen wurde und warum. An diesem Punkt wollte ich mich still verhalten, doch die Frage, wo denn Billy sei, kam natürlich trotzdem, da gab es einiges zu erzählen, und wo war denn die Neue, ging es weiter, die war noch nicht soweit, natürlich zuhause, und wir tranken erst mal einen Kleinen auf Billy. Dann hagelte es unqualifizierte Sprüche von allen Seiten, und wie immer machte man sich wiederholt über meinen Bruder lustig, alles ganz normal und jeder bekam anschließend eine Retourkutsche, denn jeder hatte ein paar Leichen im Keller, zum Glück nicht wortwörtlich, aber wer weiß.

Es war in gewisser Weise ein Tag der Gemeinheiten hoch 2, ohne Limits und mit allgemeinem Feuer Frei, in Verbindung mit dem Tag der Liebe, es war schließlich Weihnachten.

Auch ein Grund für die extrem ausgelassene Stimmung, denn je mehr man nett zu seinen Freunden sein wollte, umso mehr skurrile Bosheiten fielen einem blitzartig ein, und wir waren damals unendlich produktiv in diesen Sachen. Einer der Zeremonienmeister war damals der Chefausteiler Julio, der sowohl die tiefsten, wunden Punkte der anderen schonungslos offenlegte und ordentlich Salz hineinstreute und dafür postwendend auch von den anderen am meisten abbekam. Julio, der aufgrund seiner immer voluminöseren Erscheinung immer noch nicht in der nicht käuflichen Damenwelt angekommen war, aber ständig auf der Suche war, welches eine scheinbar nie zu versiegende Unterhaltungsquelle darstellte, ein ewiges Thema, dass es in einem anderen Kapitel noch zwingend zu würdigen gilt.

Unsere Manchinger Freunde waren ebenfalls vollzählig angetreten und man beleidigte sich gepflegt von Tisch zu Tisch. Kurz vor 11 Uhr war es endlich soweit, Elli legte „Last Christmas" von Wham auf und die ersten Pärchen bevölkerten die von Tischen freigeräumte Fläche in der Lokalmitte, somit war das eine Tanzfläche. Etwa um diese Uhrzeit betraten auch einige außenstehende Damen den jetzt mehr als gut gefüllten Trinktempel und der höfliche Ich-bitte-zum-Tanz-Reigen begann. Die klassische Reihe von Weihnachtsklassikern donnerte aus den vier Boxen, immer wieder unterbrochen durch ein paar Gitarrennummern, man war schließlich im Engelwirt.

Ab 12 Uhr war die Bude dann so richtig bumsevoll, immer mehr Neugierige kamen von außen herein, immer mehr potenzielle Tanzpartner, herrlich, stimmig, weihnachtlich und weit und breit keine Deppen, so muss es sein.

Wir waren inzwischen mit der ersten Feuerwasser-Flasche längst fertig und diskutierten lebhaft, ob sich denn eine zweite noch lohnen würde, egal, unser Level war längst erreicht und Bier gab es ja auch noch reichlich und nebenbei gab Elli auch noch ab und zu eine Runde aus, so dass die sowieso schon sehr gute Stimmung bald in Überschwang umschlug.

Wir entdeckten die Freude am Klang des klirrenden Glases, die Erfrischung durch verschüttete Getränke und das Wasserspritz-Vergnügen am aufgedrehten Klowasserhahn. Außerdem besuchten wir auch die umliegenden Cafés und Gaststätten, die den E-Wirt-Weihnachtserfolg kopieren wollten, und bestraften sie dafür mit unserer

Anwesenheit. Sehr spaßig, und da in jedem Laden irgendein Bekannter von einem von uns arbeitete, kamen wir auch überall unfallfrei heraus.

Unser Stammtisch-Tisch hatte sich längst aufgelöst, alle waren irgendwo unterwegs, tanzten, tranken, flirteten, schliefen, übergaben sich oder lachten ausgelassen, ein dann nicht mehr ganz so stilvolles Chaos.

Kurz nach Eins brachen dann die meisten Gäste auf, Elli begann das reichlich unübersichtliche Schlachtfeld halbwegs zu sortieren und ich tanzte mit Betty ein weiteres Mal auf Last Christmas. Betty war die Freundin eines entfernten Bekannten aus der Manchinger Ecke, die ich immer nur an Weihnachten sah. Eine sehr ansehnliche, talentierte junge Dame, die mich mit ihrem unglaublich selbstbewussten Post-Beischlaf-Blick Jahr für Jahr in ihren Bann zog. Ihre langen braunen Haare und diese tiefen dunkelschwarzen Augen sorgten um kurz nach Eins dann auch dafür, dass ich ihr jedes Jahr pünktlich am Heiligabend meine Verliebtheit gestand. Hatte wohl was mit dem Alkohol zu tun, denn sie freute sich jedes Mal über meine Komplimente, reagierte aber niemals darauf, außerdem hatten wir beide stets einen Beziehungspartner, wie auch diesmal und so ging nie was zusammen, aber nett war's immer.

Richtig nett war anschließend Elli nicht mehr, sie verscheuchte um kurz vor Zwei die letzten Übriggebliebenen mit einem freundlichen „verpisst euch". Das wirkte wie ein Startsignal für mich und es machte klick. Das ist dann der Moment, in dem die letzte Vernunft aussetzt und man nur noch gnadenlos seine Emotionen herauslässt, da hatte sich in letzter Zeit eine Menge angesammelt, aber wenigstens wurde und werde ich nicht anderen Menschen gegenüber aggressiv, doch das Mobiliar muss schon ab und zu mal dran glauben.

Nachdem ich dann zwei Tische samt Gläser darauf umgeschmissen hatte und als Höhepunkt auch noch ein oder zwei Lampen samt Kabel von der Decke entfernte, war das Maß übervoll und man geleitete mich nach draußen, nicht ohne den Hinweis, dass das teuer werden würde.

Egal, jetzt wollte ich nur heim. Christian, der letzte meiner Buddys, der immer noch da war, überredete mich, in meinem Zustand besser nicht mehr nach Eichstätt zu fahren, zu weit, also beschlossen wir, den wesentlich kürzeren Weg nach Mailing zu Billy zu nehmen, ihre Eltern wohnten ja da und die würden sich bestimmt freuen mich zu sehen.

Vielleicht hätte ich nicht mehr fahren sollen, denn tags drauf erklärte mir Christian, dass er mit mir nie wieder im angeheiterten Zustand Autofahren wird, es wäre das erste Mal gewesen, dass er Todesangst gehabt hätte, ich war wohl nicht mehr 100% fahrtüchtig, aber angekommen sind wir dennoch, schon wieder Glück gehabt.

Billy machte die Tür auf, wunderte sich, wir waren schließlich seit ein paar Wochen getrennt, ich erzählte ihr von der Mutter-Erkrankung und dass ich total durch den Wind war und fragte, warum wir eigentlich auseinander wären, bla bla bla im megadichten Zustand.

Christian verabschiedete sich, er musste ja noch mit seiner Familie den Heiligen Abend mehr oder weniger feiern. Billys Eltern schickten mich sogleich auf die Couch im Hobbykeller, ich sollte erst mal meinen Rausch ausschlafen, und das tat ich auch, nachdem ich mich im Keller-WC-Waschbecken mehrfach zielgenau übergeben durfte. Dann war der ganze Dreck draußen, mir ging es gleich deutlich besser und ich fiel in einen dringend benötigten 17-Stunden-Schlaf.

Am Morgen begutachtete ich die Schrammen an meinem Auto und die angeschlitzten Reifen, wohl eine direkte Folge der scharfen Randsteine entlang der Goethestraße.

Der Rest der Bande hatte einen ähnlich ruhigen Weihnachtsabend, die meisten verschliefen ihn einfach, Christian hatte seinen traditionellen Familienstreit und Springstein fiel während der Bescherung betrunken in den Weihnachtsbaum.

Wahre Momente für die Ewigkeit... und ich machte mich wieder auf nach Eichstätt, Julia wartete schon, außerdem musste ich am 25. schließlich die Kneipe wieder aufmachen... und ich freute mich darauf.

Tabledancer

Wir befinden uns in den Tagen zwischen den Tagen, also die Zeit vom 25.12. bis 31.12. Die wohl ertragsreichste Woche des ganzen Jahres.

Fast alle haben frei, beinahe alle Weihnachtsgeld in der Tasche und alle haben einen riesigen Durst, wie gut, dass ich gerade eine Kneipe hatte.

Nach einer minimalen Deko-Aktion, ich erwarb zu einem angemessenen Preis einen winkenden Weihnachtsmann mit Glühbirne in der Hand und platzierte ihn unter dem Abluftventilator, der durch eine blaue Käfermotorhaube stilvoll verdeckt war. Als weiteres optisches Highlight installierte ich eine etwas staubige Weihnachts-lichterkette von Anno Dazumal, die sogar noch funktionierte und mit ihrem heimeligen Licht dem Raum eine gewisse biblische Würde verlieh. Das war genug, einmal noch über den Tresen gewischt, fünf Kerzen angezündet, meine neue Mitarbeiterin Klara begrüßt, die Musikanlage angeworfen und schon war offen.

Klara kam aus dem tiefsten Allgäu, war immer gut gelaunt, freundlich und zuvorkommend, eine wunderbare Thekenkraft. Da sie als Bonus auch noch sehr trinkfreudig war und es schließlich der 1.Weihnachtsfeiertag war, tranken wir erst mal einen Aufmach- und Weihnachtsschnaps. Am Geschmack des Jägers erkannte ich, dass ich wohl gestern ein wenig zu viel konsumiert hatte und man sich besser erst mal einen frischgebrühten Kaffee in die Tasse gießen sollte. Danach noch ein meist leckeres Dany-Pizza-Baguette aus dem Infrarotofen und ich war wieder ausreichend fit. Die ersten Gäste ließen nicht lange auf sich warten, es war die sogenannte Tabledancer Crew.

Die Crew bestand aus fünf bis acht jungen Menschen, die alle paar Tage wieder da waren, am Tag vor einem Feiertag und am Feiertag selbst sowieso und am

Wochenende natürlich auch, man kann sagen, sie waren schon sehr oft da.

Zum Glück, denn diese durchweg solide, feiersüchtige und AG-freie Gemeinschaft zog mit ihrer überbordenden guten Laune auch eine Menge anderer guter Leute in das Lokal. Außerdem wurden wir in kürzester Zeit zu guten Freunden, man funkte einfach auf derselben Wellenlänge und sie erinnerten mich ganz stark an meine Ingolstädter Freunde vor fünf Jahren, es passte also optimal. Selbstverständlich verursachten sie, wie auch wir früher und auch jetzt noch, ab und zu einen kleinen Kollateralschaden, doch genauso wie meine IN-Freunde kamen sie fast immer dafür auf, meistens jedenfalls, so musste es sein.

Musikalisch gab es auch keine Differenzen, ganz im Gegenteil, sie teilten sogar meine Vorliebe für guten deutschen Schlager. Damit meine ich solche Giganten wie Peter Maffay, Udo Jürgens, Marianne Rosenberg oder der unvergessene Harald Juhnke. Einer unserer wenigen Vorbilder, „ein Mann ist solange nicht betrunken, solange er am Boden liegen kann, ohne sich festhalten zu müssen". Eine zeitlose Dean-Martin-Weisheit, hätte auch von Harald kommen können. Nicht so wichtig, die Musik dieser Showgrößen versetzte meine Tabledancer Crew jedenfalls regelmäßig in Ekstase.

An diesem 25.12 kamen die Leute jedenfalls recht früh und schon leicht vorgeglüht in das Lokal. Ab 10 war die Bude voll und die ersten Schnapsrunden machten die Runde. Es wurde gewürfelt, gelacht, diskutiert und getrunken. Klara bewegte sich geschmeidig in der aufkommenden Enge zwischen Theke, Tischen und Kühlschrank, ich versuchte erfolgreich, die Stimmung mit immer besserer Musik noch besser zu machen.

B 52's, Undertones, Soundgarden, Nirvana, Pearl Jam, Klassiker der Punkgeschichte, Klassiker der 70er, ab und zu mal etwas Techno und ab 12, als Höhepunkt, gute deutsche Schlagermusik. Auch Jürgen Drews und Juliane Werding durften im nun folgenden Musicmix natürlich nicht fehlen, und rauf ging's auf die Tische.

„Er gehört zu mir" von Frau Rosenberg war mal wieder der Dosenöffner. Erst erklommen meine neuen Eichstätter Freunde die gefährlich schwankenden, aber durchhaltenden Holzmöbel, dann nach und nach die anderen Gäste. Das ein oder andere Glas konnte von Klara nicht schnell genug entfernt werden und verabschiedete sich ungehört, es war ausgesprochen laut in diesen Momenten, bei abruptem Bodenkontakt. Ich gab als Unterstützung noch die ein oder andere Runde aus und erfreute mich an dem herrlichen Bild einer glückselig tanzenden, kleinen Kneipe.

Nach Udo Jürgens' „Ich war noch niemals in New York" begann das Gros der Gäste, sich auf den Weg ins Dasda, Eichstätts einziger Disco, zu machen. Das damals auch noch existente Malibu war nur für die Ex-Planeten-Gäste ein erstrebenswertes Ziel.

Das letzte Lied und gleichzeitig Table Dancers Favourite war Harald Juhnkes „Barfuß oder Lackschuh", welches dann auch mit Inbrunst und 100% textsicher mitgeschmettert wurde. Der absolute Schlusspunkt – wenn es wirklich, wirklich schön war, kam noch eine Zugabe – war dann Peter Maffays „Es war Sommer". Ein unübertroffener Schmachtfetzen über die ersten Erfahrungen eines Jugendlichen, wahrscheinlich war es Peter selbst, mit einer älteren Frau, schaurig schön. Klara und ich schwoften diesen Meilenstein der Musikgeschichte des Öfteren, wie auch an diesem Abend.

Jetzt war aber wirklich Schluss, die letzten Gäste gingen, die heilgebliebenen Gläser wurden abgespült, der Geldbeutel eingesteckt und es war endlich Feierabend.

Die Uhr schlug schließlich schon 2 Uhr und um 1 war damals in Eichstätt Sperrzeit und weil ausnahmsweise mal keine mir bekannte Hausparty jetzt noch stattfand, ging ich vorbildlich eine Treppe nach oben, fiel auf meine Matratze und... gute Nacht.

Nightleid

Mit 17 hätte mir das noch gefallen, war meine Reaktion, als ich zum ersten und einzigen Mal im Malibu einkehrte. Eine klassische Farmerdisco, die sich hauptsächlich durch gleißend weiße Plastikpalmen, schaurig in Szene gesetzt durch allgegenwärtiges Schwarzlicht, auszeichnete. Eingerahmt wurde dieses negativ skurrile Bild von wirklich schlechter ländlicher Chart-Tanzlokal-Musik, natürlich von einem DJ stilvoll angesagt. „Lass das mal den Siggi machen", war seine souveräne Antwort auf Verkrustungen aufbrechende Hörerwünsche, doch er kannte sein Publikum freilich besser und blieb seinem „Erfolgsmix" treu. Das Ganze, inklusive der Beleuchtung, wäre zehn Jahre früher nichts Ungewöhnliches gewesen, doch Anno 1993 wirkte die Nummer sehr, sehr seltsam. Außerdem war es das Jahr, in dem die legendären Schlager der Woche auf Bayern 3 voller guter Musik waren, doch bis Eichstätt hatte sich das noch nicht herumgesprochen, jedenfalls nicht in diesem Weiße-Hosen-Laden. Um das Seltsame der Situation noch zu unterstützen, gab es selbstverständlich die gemeine Goaßmaß, Jackie Cola und jede Menge Times, alles wie daheim oder ähnlich der Selbstbedienung aus dem geknackten Alkoholschrank des prügelnden Stiefvaters, ein Traum.

Das endgültig Erschreckende daran war die Tatsache, dass es diese Art Schuppen auch 20 Jahre später immer noch gibt, das nennt man dann Retro, gruselig.

Mir missfiel das damals schon und ich war nie wieder im Malibu.

Dann gab es da noch das bereits erwähnte Residenzcafé, eine Räumlichkeit zum Ganztagsversumpfen, und Kaffee gab's da wohl auch noch.

Ein genauso unwichtiger, weil von mir nicht frequentierter Laden, war das Laterndl im Buchtal. Die

Mischung aus unangenehmen Leuten in Verbindung mit einem DDR-Interieur und einer latent in der Luft liegenden Aggressivität ließ mich auch diesen Gastronomiebetrieb nur ein einziges Mal besuchen, war auch besser so.

Eine noch deutlich uninteressantere „Gaststätte" war das Plenagl in der Pedettistraße. Das Beste an diesem sonst nicht erwähnenswerten Türkentreff war, dass es pünktlich zu meiner Eröffnung zumachen durfte, es wurde wohl zu viel gezockt, und irgendwann hatte auch die sonst sehr geduldige Eichstätter Polizei genug und schloss die Kartler-Teestube.

Entgegen anderslautenden allabendlichen Stoßseufzern gab es damals nicht nur No-Go-Läden in Eichstätt. Zu den erträglichen gastronomischen Objekten gehörten zweifelsfrei die Schickeria und das Ziffernblatt.

Die „Schickse" in der Gabrielistraße war ein rustikaler, an Wand und Decke holzgetäfelter, netter Gitarrenmusik- und Würflerschuppen, der nur ein Jahr nach meiner Ankunft in der Bischofsstadt zum Irish Pub werden sollte und dann für viele Jahre der erfolgreichste Ausgehbetrieb der Stadt war, bis zum heutigen Tag. (Good Job, Toni). Nun gut, im Planetenstüberl war doch etwas mehr los, erst als ich mit meiner zweiten Kneipe (Planetenwirt, andere Geschichte) aufhörte, ging es im Pub so richtig los, aber egal.

Das Ziffernblatt, das sechs Jahre später mein Planetenwirt werden sollte, war ein ansehnliches Bistro, das ich aber trotz der extremen Nachbarschaft, es lag nur etwa 20 Meter Luftlinie vom Stüberl entfernt, eher selten besuchen sollte, durfte, musste, hätte, wenn und aber...

Darüber hinaus gab es selbstverständlich auch ziemlich gute Hausfluchtoptionen.

Da war zum einen der Peterskeller, eine angenehme Late Night Cocktailbar, die ich dank des sehr sympathischen Frontmannes Ole des Nächtens des Öfteren frequentierte.

Ole wirkte natürlich in seinem separaten Teil des Peterskellers, der Backstube genannt wurde, und genau dort erfand er seinerzeit das auch aktuell immer noch gern getrunkene Backstubenwasser. Ein Mix aus Martini und Zitrone und noch irgendwas, was auch immer. Dieses Rezept hütete er einige Jahre lang, bis er es irgendwann Toni im Irish Pub vermachte und dieser es seitdem erfolgreich einschenkt. Nur soviel, wenn das sonst ganz angenehme Gesöff nicht wirklich frisch ist, entwickelt es einen leichten Schimmelgeschmack, nicht gut, also besser aufpassen.

Eine auch sehr zu empfehlende Einrichtung war das L'incontro. Ein nettes, kleines, italienisches Café in strategisch günstiger Lage, Ecke Luitpoldstraße/ Marktgasse, in dem man an warmen Tagen auch sehr entspannt die Außenbestuhlung nutzen konnte. Wobei das Beste an dem Laden das hervorragende Thekenpersonal war, Fari, der Chef und seine Schwester Mine, später eine meiner besten Freundinnen. Auch mein Freund Rocco arbeitete im Lin.

Nach einem sehr gemütlich angegangenen Geografie-Studiengang half er dort einige Jahre als Milchaufschäumer und Chefkellner aus. Das mit großen Schaufensterscheiben eingefasste Bistro war ein von Grund auf solider Betrieb, das ich allerdings erst deutlich später des Öfteren heimsuchen sollte. In den 90ern trank ich meinen Kaffee grundsätzlich daheim, aber man entwickelt sich ja.

Wahrscheinlich hab ich noch den einen oder anderen Laden vergessen, doch ich musste mich ja sowieso hauptsächlich auf das Stüberl konzentrieren, da hatte ich ohnehin genügend Abwechslung, und in diesem Sinne geht es wieder zurück in den mit Abstand besten Laden. Meinen...

Toco in Ei

Am 26.12. war wieder Muxi-Day. Er hatte den Frühschoppen am 24. auch halbwegs unbeschadet überstanden und bekam, wie jedes Jahr, zwei Tage später wieder Hunger, dieses Loch im Bauch konnte nur am elterlichen Herd gestopft werden, das tat er selbstverständlich und er kam ausgesprochen wohlgenährt vom alljährlichen Gänsemassaker. Auf das ganze fette Essen leerten wir um kurz nach 8 erst mal einen Jäger, gleich ging's dem Schwerstarbeit verrichtenden Verdauungstrakt besser. Muxi als Mitarbeiter war immer eine große Freude, denn wir hatten den gleichen Musikgeschmack, den gleichen schlechten Humor, die beinahe gleichen Abneigungen und tranken etwa genauso gerne. Der markanteste Unterschied war allerdings, dass er zu dieser Zeit immer nur flüchtige Frauenkontakte hatte, ich aber eigentlich ständig in einer festen Beziehung steckte, hat wohl beides seine Vor- und Nachteile.

Jedenfalls nutzte er die Stüberl-Arbeitsabende nur allzu gern dazu, neue Damen kennenzulernen, ich dagegen musste und durfte mich mit einem kleinen Flirt hier und da zufriedengeben.

Etwa gegen 21 Uhr füllte sich gewohnheitsmäßig das Lokal und eine nette blonde Dame setzte sich an die Theke. Sie bestellte sich ein Bier und erkundigte sich bei meinem Mitarbeiter nach der generellen Musikrichtung dieser Studentenkaschemme. Er erläuterte ihr ausführlichst den CD- und Plattenbestand, sichtlich erfreut darüber, dass mal wieder jemand da war, mit dem man über Musik reden konnte und der auch noch gut ausschaute, und als wenn das nicht schon genug war, er war eine Sie, perfekt.

Dann stellten wir uns vor. Sie hieß Nika, ihres Zeichens Studentin im 5. Semester und nebenbei seit ein paar

Wochen „Djane" im Dasda. In einer Stunde begann ihre Schicht und sie würde sich sehr freuen, uns nach der Kneipe auch dort begrüßen zu dürfen. Wir sagten zu, mit dem Wunsch, eine von unseren CDs mitnehmen und auflegen zu können. Alles klar, wir tranken noch ein paar kleinere und größere Getränke und um kurz vor 10, verabschiedete sie sich in die Arbeit.

Davon hatten wir jetzt auch mehr als genug, die Bude war voll, die Stimmung gut, die Musik sowieso und auch das Bier schmeckte mal wieder hervorragend. Wir fragten um kurz vor 1 die verbliebenen Gäste, wer denn noch in die Disco mitkommen wolle, keiner hatte Lust darauf, es wäre heute einfach kein Dasda-Tag und deshalb sicherlich nichts los.

Der Dasda-Tag war zu jener Zeit stets der Mittwoch, da war der Schuppen immer voll. Am Wochenende ging es auch noch, doch sonst konnte man sich den Weg in eine leere Disco sparen, egal welche Aktionen sie starteten, um die anderen vier Tage voranzubringen. Die Eichstätter und Umländer sind dafür viel zu sehr Gewohnheitstiere. Neue Ausgehtage hätten den Gesamtwochenablauf auch zu sehr verändert, es hätte ja etwas Unvorhergesehenes passieren können, nicht auszudenken...

Wie gesagt, Eichstätt hat Vor- und Nachteile, denn wenn man es schafft, die überschaubare Zahl der Fortgänger gewohnheitsmäßig in sein Lokal zu bekommen, bleiben die auch dort, wenn nichts Außergewöhnliches geschieht oder ein neuer Laden aufmacht, aber das passierte jahrelang nicht, schönes Eichstätt.

Egal, wir bestellten uns ein Taxi und es kam auch nach ein paar Minuten, das war keine Selbstverständlichkeit, denn es gab nur ein Taxi-Unternehmen und wenn der Fahrer keine Lust hatte, gab es manchmal einfach kein Taxi.

Eintritt kostete die Disco heute natürlich keinen, es war sowieso niemand da. Ein gelangweilter Barkeeper an der einzig offenen Theke, vielleicht fünf oder sechs verlorene Seelen auf ihren Stammbarhockern, die sich jedes Mal, wenn die Eingangstür aufging, synchron flehentlich umdrehten. Es mögen doch endlich ein paar Leute kommen, damit wenigstens ein bisserl was los wäre. Und last but never least, war da Nika, die frohgelaunt ihre Gitarrenmusik für eine leere Tanzfläche auflegte.

Etwas seltsam, aber uns vollkommen Wurst, wir wollten sowieso nur schnell unsere Musik hören und wieder abdampfen. Sie erhielt die ausgewählte Tocotronic-CD „Nach der verlorenen Zeit" und Muxi und ich eroberten im kontrollierten Sturm die Tanzfläche. Nach ein wenig Luftgitarren-Gezappel gab uns Nika zwei Bier und zwei Schnaps auf's Haus aus und machte mit ihrer hervorragenden Indie-Grunge-Mukke weiter. Radiohead, Monster Magnet, noch mal die Tocos und zum Höhepunkt Smashing Pumpkins brachten uns schließlich dazu, die T-Shirts auszuziehen, sie im hohen Bogen durch die Gegend zu werfen und den „Killer in Me" oben ohne zu betanzen. Eine Überraschung, es waren in der Zwischenzeit doch noch ein paar andere Nachtschwärmer aufgetaucht, auch ein paar nette Mädels waren dabei und wir tanzten bis zum Schluss, so gegen 3 Uhr, voller Inbrunst auf die legendären musikalischen Meisterwerke jener Zeit.

Muxi wollte noch bei den Damen weiterfeiern, die durften oder wollten allerdings leider nicht. Sie hätten in ein paar Stunden eine wichtige Klausur zu schreiben, na und, da haben wir ja noch ein paar Stunden, entgegnete ich, doch es half nichts, sie blieben „brav".

Wenn sie meinen. Wir hatten ja eigentlich für heute sowieso schon genug geschwitzt, also gingen wir mit Nika durch ein angrenzendes Wäldchen gemütlich gen

Innenstadt, dampften dabei einen Kleinen und freuten uns gemeinsam auf den nächsten Nika-Abend im Dasda.

Frei in Ei

Einmal die Woche nahm ich mir stets eine Auszeit vom Eichstätter Nachtleben, man muss ja ab und zu mal andere Leute sehen. Deshalb tauchte ich regelmäßig jeden Freitag aufs Neue in den Ingolstädter Abendzirkus ein, besser gesagt, ich verbrachte ihn in gewohnter Berauschtheit im Engelwirt, immer wieder schön.

Der Freitag war somit der einzige Tag der Woche, an dem ich außer dem zwingend notwendigen Montag-Ruhetag in Eichstätt körperlich nicht anwesend war. Mein Geist waberte selbstverständlich 365 Tage im Jahr durch die rauchgeschwängerten, sakrischen Hallen des halbheiligen Planetenstüberls. Somit brauchte meine aufgrund der moderaten Arbeitsbelastung doch relativ gut aussehende körperliche Form an diesem Tag einen Ersatzmann und Christian bot sich an.

Nach einem ersten gemeinsamen Freitagabend, an dem ich ihm die Standardabläufe erklären durfte, stellten wir beide fest, dass wir nicht zusammenarbeiten konnten.

Er war es nicht gewohnt, von mir Befehle zu erhalten, und ich fand es leicht befremdlich, ihm diese zu erteilen, außerdem machte er mir ständig Verbesserungs-vorschläge, unerträglich für mein tipp- und beratungsresistentes Wesen. Es war für alle besser, dass er den Freitag alleine stemmen würde, so viel war in der Anfangsphase sowieso noch nicht los.

Nach dem ersten Wochenendanfang im Alleinflug hielt er es für eine voranbringende Idee, seine neue Freundin Holly mit ins Boot zu holen, im Nachhinein ein nicht ganz so perfekter Schachzug. Denn wie es oft so ist, wenn man mit einer oder im anstrengenderen Fall „seiner" Dame zusammenarbeitet, wird sie deutlich häufiger als der männliche Mitarbeiter nach Getränken gefragt. Man(n) kommt ins Gespräch und spätestens nach dem dritten Bier und der zweiten von ihm ausgegebenen

Schnapsrunde glaubt der Gast, bei der Dame landen zu können. Da aber dieser Gast natürlich nicht der einzige mit dieser halb-subtilen Anmachidee ist, bekommt die Dame dieses Problem des Öfteren am Abend wiederholt serviert, was dementsprechend eine festungsharte Trinkfestigkeit in Verbindung mit einer psychologisch Fortgeschrittenen-Ausbildung aufgrund des gemütlich, allgemein verträglichen Neinsagens voraussetzt.

Diese wirklich wichtigen Grundvoraussetzungen erfüllte Holly leider nur in der Anfangszeit.

Irgendwann kam jemand, der sie so wie Christian zulaberte, Alkoholika ausgab und anscheinend in ihr Beuteschema passte. Dem folgte, dass Christian im Laufe der Zeit nicht mehr ganz so entspannt war.

Ein Küsschen hier und da und ein Jahr später hatte er seine letzte große Liebe wieder verloren.

Unabhängig davon machte er dann eine Gaststätte namens Jeremy in der Nähe des Ingolstädter Engelwirts auf und verließ mich dementsprechend, konnte man nichts machen, sollte wohl so sein.

Es war übrigens eine durchaus erfolgreiche Zeit mit Christian und Holly, doch was lernen wir aus dieser Erzählung...?

In der Gaststätte sollte man frühestens erst, und wenn überhaupt, mit seiner Frau zusammenarbeiten, wenn man verheiratet ist und/oder Kinder hat, denn dann ist man gegen den immer wieder auftretenden Abwerbungs-wahnfried wenigstens halbwegs gefeit... jedenfalls meistens.

Ein etwas unterkühlter Freitagbericht, ganz anders waren für mich die freien Tage... kommt gleich.

Ginger, Ale und die Band

„Mein Kopf ist klar wie ein Gebirgsbach", das wäre ein erstrebenswerter Traumzustand, doch da von nichts bekanntlich nichts kommt, war dieser Zustand im Angesicht der Tatsache, dass ich schon Dienstag, Mittwoch und Donnerstag „gearbeitet" hatte, leider nicht zu erwarten. Aber wer braucht schon ein klares, sauberes Wasser, wenn er durch ein goldbraunes, kühles Biermeer schwimmen kann. Mein Kopf hätte es auf jeden Fall nötig gehabt, doch daraus wurde nichts, und so fühlte sich alles halsaufwärts etwas schwammig an, jeden Freitag, Woche für Woche.

Dieser Tag wäre der perfekte Tag für einen alkoholfreien Ruhetag, aber anstatt mich mal ein wenig auszuruhen, gab ich an diesen herrlichen Wochenend-Start- Tagen so richtig Gas und schuld daran war „Die Band"...

Wie in meinem Zweitlingswerk „Leifheitman" bereits kurz angerissen wurde zwei bis drei Jahre vor der Kneipengründung die Band Ginga Lynn gegründet. Eine rein spaßorientierte, unkommerzialisierte Gruppe nicht ganz so talentierter Möchtegern-Musiker, die sich ständig neu aufstellte und veränderte.

Von der Ursprungsformation waren 1994 immerhin noch Julio, Ali und ich übrig. Wir wurden übrigens im Laufe der Zeit alle schon mal weggesenst. Das heißt, jemand in der Band hatte die Meinung, dass es ohne dich besser laufen könnte, und du wurdest von einem anderen ersetzt. Das tat unserer Freundschaft jedoch stets nur kurz nicht ganz so gut, zu fest waren die Bande, und da wir alle leider nicht das Talent eines Hard-Rock-Mozarts hatten, sahen wir die Feuerung nach einer Weile zähneknirschend selbstverständlich ein.

Das ging so Monat für Monat, bis sich eben 1994 die endgültige Truppe mit uns Dreien, plus Springstein an der Gitarre herauskristallisierte, die dann auch bis zum unvermeidlichen Rock'n'Roll-Ende beisammenblieb.

Doch vor dem Ende hatten wir mehr als noch eine Menge heiterer Momente vor uns und diese standen in der Regel, und auch außerhalb der Unpässlichkeit unserer weiblichen Begleiter, für gewöhnlich freitags auf der Tagesordnung.

Freitag nahm ich mir frei, die anderen hatten mit ihren normalen Jobs sowieso frei und deshalb war an diesem Abend immer Bandprobe angesagt. Ich holte meistens Julio aus seiner aus einer Mischung aus Essensresten, Körperdampf und kaltem Rauch riechenden Single-wohnung ab. Nach meiner Standardermahnung, Fenster auf, putz doch mal und „ich wart lieber draußen", war er keine zehn Minuten später abfahrbereit. Ab und zu ließ er sich doch ein wenig gehen, was in der Verweigerung gipfelte, seinen Postkasten nicht mehr zu leeren, weil ihm die vielen Rechnungen die Laune verhagelten. Verständlich, aber kurzsichtig, denn irgendwann stand der Gerichtsvollzieher vor der Tür und dann wurde es richtig teuer, aber das war seine Baustelle, in die wir uns nach etwa 100 Versuchen, kapitulierend, nicht mehr einmischten. Bei uns sollte er singen, und wenn er nicht gerade zu dicht, zu vergesslich oder schlecht drauf war, machte er das auch sehr, sehr gut.

Springstein nahm Ali mit, über den man wohl ein eigenes Buch schreiben sollte, deshalb hier keine weitere Erläuterung, vielleicht mach ich das auch in den nächsten zehn Jahren.

Jedenfalls trafen wir uns stets gegen 20 Uhr in der Allguth-Tankstelle an der Münchener Straße. Die beste Tanke der Welt, die nicht nur über Autokraftstoff verfügte, sondern auch den größten Getränkemarkt außerhalb des Häussler-Fristo-Imperiums sein Eigen nennen konnte, und das alles sogar zu moderaten Preisen. Darüber hinaus konnten wir uns mit Rauchwerk und ab und zu mit etwas Spirituosen versorgen. Wobei „ab und zu" etwas untertrieben war. In der Anfangszeit reichte noch eine Kiste Bier, später waren es schon zwei und 1994 musste praktisch immer eine Flasche Schnaps zusätzlich dabei sein, sonst waren einige gar nicht Probebereit. Ich natürlich ausgenommen, denn nach spätestens fünf oder sechs Bier konnte ich meine präzisen Schlagzeugwirbel nicht mehr, wie von mir und den anderen zu Recht erwartet, in Präzision ausführen. Sie nannten mich scherzhaft „Das Metronom", war leider nur ein Scherz, denn meine legendären Geschwindigkeitsschwankungen sorgten nicht immer für Begeisterung. Meiner Meinung nach prägten sie jedoch den Stil von Ginga Lynn und machten unseren Sound unverwechselbar. Diese Meinung hatte ich jedoch ganz exklusiv.

Wir waren in der Tanke...

An besonders energetischen Tagen kam Julio ab und zu auf die Idee, zusätzlich ein mehr oder weniger schmutziges Damenheftchen zu erwerben. Das war dann meist die Blitz- oder Superillu, ein Schreibwerk, gegen das die Bildzeitung wie eine richtige Zeitung wirkte. In außergewöhnlich lustigen oder planlosen Momenten wurden auch mal 10 Mark für ein Dreierpack „Happy Weekend" hingelegt. Ein Porno-Magazin das neben den künstlerisch wertvollen Fotos auch den Vorteil hatte, in drei Sprachen (Deutsch, Englisch, Italienisch) untertitelt gewesen zu sein.

Der englische Text war eine großartige Fundgrube für Julios Songtexte, einige Spezialausdrücke hatten selbst wir vier des Englischen eigentlich Mächtigen noch nie gehört. Bildung mit halbwegs optischem Vergnügen, optimal.

Nach der Fahrt von der Tanke nach Ebenhausen-Werk mussten wir selbstverständlich erst mal das gerade erstandene Trink- und Bildergut sichten und verköstigen, und schon war die erste halbe Stunde vorbei und wir begannen mit der Bandprobe.

Durch unsere, oder meine, musikalische Limitiertheit konnten wir unsere durchaus vorhandenen Ideen leider nicht in Welthits umsetzen und wir blieben was wir waren, eine ziemlich gute Lokalband mit einem extrem hohen Unterhaltungspotenzial, die die ganze Sache nicht ganz „sooo" ernst nahm. Es reichte trotzdem für einige erinnerungswürdige Auftritte. Ein paar Mal zur Primetime vor dem Englwirt im Rahmen des Ingolstädter Bürgerfestes, im Münchener Backstage Club, im Ohrakel und und und... es machte auf jeden Fall stets vorher, mittendrin und auch danach alles unglaublich viel Spaß und es war die beste Vorbereitung für einen Vollgas-Freitagabend.

Dieser stand dann nach jeder „erfolgreichen" Bandprobe an. Mal früher, mal später, ab Mitternacht waren wir jedenfalls immer im E-Wirt und los ging's. Nach unserer perfekten Alkohol- und Adrenalin-Vorbereitung liefen wir stets in Topform in unserer Lieblingskneipe auf.

Willkommen im Bad der Freude!

Die Freunde waren da, die Mädels waren da, und Elli schwenkte ob dieser perfekten Kneipenzeit routiniert den Taktstock. Sie, selbstverständlich auch schon im lustigen Zustand, es war schließlich Wochenende und die eine oder andere Schnapsrunde ging auch vorher schon über den Tresen. Eine weitere, nebst Gerstensaft, kam dann traditionell bei unserem Eintreffen dazu. Das besonders Nette am Wochenende im E-Wirt waren die zusätzlichen Mädels, die sonst aufgrund ihrer meist büroartigen Arbeitsbelastung unter der Woche keine Zeit hatten, oder sich diese, wie wir, nicht nahmen. Freitag und Samstag ließen sie es jedoch nur zu gerne krachen, man gönnt sich ja sonst nichts.

Nach der zweiten oder dritten Tequila-Runde, damals Mädels-Favour, erreichten sie annähernd unser Laune-

Level und man kam ganz zwanglos, ganz automatisch ins Gespräch. Ich musste übrigens niemals eine Dame im klassischen Sinne mit irgendwelchen albernen Sprüchen anmachen oder zulabern. Das war mit Sicherheit eine der schönsten Seiten des Englwirts, es ergab sich irgendwann einfach automatisch, und wenn man gerade nicht durch eine Beziehung gebremst wurde, konnte man sich voller Wonne in diesen geschmackvollen Eintopf der Liebe fallen lassen.

In genau dieser freundinfreien Zeit traf ich Jackie. Eine sehr nette, gutaussehende Frau, die optimalerweise mitten in der Stadt wohnte. Das heißt, ich hatte es nicht weit zu ihr, ein zufälliger und angenehmer, wenn auch nicht entscheidender Vorteil. Sie hätte auch in Gerolfing wohnen können, da wäre ich auch mitgekommen, aber weiter nicht! (Scherz?)

Egal, an den wenigen Wochenenden, in denen ich beziehungsfrei war, hatten wir auf jeden Fall eine Menge Spaß.

Jackie lebte zusammen mit einer sehr sportlichen, kurzhaarigen Dame in einer Wohngemeinschaft. Diese lernte ich kurz nach einer Wochenend-Gute-Laune-Aktion kennen.

Wenn man nach einem schönen E-Wirt-Abend und nach einem entspannten Kaffee um 3 Uhr morgens auch noch einen feinen Beischlaf hat, kann man wohl mit Fug und Recht von einem gelungenen Tag sprechen. Dementsprechend entspannt war ich dann so gegen 4 Uhr in der Früh, als ich mich kurz ins Badezimmer zurückzog. Beim Austreten aus demselben stand schon Laura da und bat um Einlass in ihr Bad.

Zu meiner Freude trug sie nur ein knappes T-Shirt, unterbaut von einem ausgebeulten Slip, was man eben beim Schlafen so anhat. Ich hatte auch nur eine Boxershort an, ein herrlich verfängliches Treffen, reif für jeden erstklassigen Kuschelfilm, leider knisterte es nicht bei uns, und auch beim kurzfristig anberaumten Kaffee danach fand man, ewig schade, keinen Grund auf die Schnelle in ihr Stübchen zu verschwinden, und Laura blieb nur eine unvollendete Erinnerung.

Aber Jackie wartete ja sowieso schon wieder auf eine eventuelle Zugabe und sie war schließlich die Hauptmieterin, wie das klingt... auf jeden Fall waren wir beide mit dieser Wochenendgestaltung meistens immer absolut zufrieden. Eine sogenannte Beziehung sollte es sowieso nie werden und das wurde es auch nie.

Es gab in dieser Zeit auch die ein oder andere „Eroberung", an die ich mich leider nur noch schemenhaft erinnern kann. Wie die schwarzhaarige Dame, die ich nach der Bandprobe, nach dem Englwirt und nach dem spontanen Take-Off-Besuch mit Jimbo kennengelernt habe.

Dazu fällt mir nicht mehr allzu viel ein, nur so viel, wir lagen in Unterwäsche im Bettchen und irgendwas passte plötzlich nicht mehr. Man stritt sich, ich bekam eine Ohrfeige, was mir praktisch nie passierte, ich war doch immer so nett... jedenfalls stand ich plötzlich früh-morgens in einem mir fremden Ingolstädter Stadtteil. Wusste gar nicht, dass es so etwas gibt, ein mir fremder Stadtteil und eine Ohrfeige. Im Morgengrauen erreichte ich dann wankend die Innenstadt, so groß ist die Schanz ja doch nicht, inklusive mein Auto und konnte wieder heimwärts tuckern.

Das gemeine Groupiewesen blieb unserer Musikgruppe übrigens versagt, wir hatten auch so genügend Kontakte, und wie Uwe Seeler seinerzeit sensationell weitschauend trefflich anmerkte: „Man kann nur ein Steak am Tag essen."

Ab und an war es damals trotzdem mehr, zu „Uns Uwes"-Essgewohnheiten gehörte wohl kein Dessert, zu unseren schon, denn wir hatten fast immer Hunger, es gab für uns eigentlich kein Limit. Warum auch?

Nicht, dass heute jemand denkt, wir wären die ganze Zeit nur auf Damenjagd gewesen, es ergab sich „halt so" und nicht jedes „Band-mit-glied" hatte selbstverständlich die gleichen „Abschusszahlen" vorzuweisen. Julio auf jeden Fall nicht, Ali auch nicht so oft, Springstein und ich dann schon öfter. So oder so, es wird Zeit für einen abschnittsweisen, tabellarischen Lebenslauf unseres Band-Daseins.

- Wir trafen uns in einer Kneipe.
- Wir lernten ein Instrument.
- Wir suchten und fanden einen Übungsraum.
- Wir ersetzten, erneuerten, verbesserten und sensten uns Stück für Stück.
- Ich kam und wurde gegangen und kam und ging und blieb.
- Wir nahmen eine CD auf, zwei Lieder, nicht viel, aber besser das Beste, als zehn Lieder und die Reste.
- Wir bekamen Anrufe von herrlich unprofessionellen Managern, die mit uns eine Tournee planen wollten, wenn wir nur etwas Vorkasse leisten würden.
- Ich nahm bei Herrn Hülshorst Schlagzeugunterricht, half nicht viel, lag aber nicht an ihm.
- Julio hielt sich für zu gut für die Band.
- Wir hatten etwa 20-30 ganz nette Auftritte, aber viel besser wurde es nicht.
- Mit meinem Abgang nach Eichstätt wurde der Anfang vom Ende eingeläutet.
- Irgendwann, so etwa 1999, lösten wir uns auf.
- Nur Julio machte noch ein paar Jahre genauso erfolgreich weiter.

In der Erinnerung bleiben die stets unglaublichen Bandproben, unser fast unzerstörbarer Bandbus, mein Fehler, ihn auf mich anzumelden, Julios erfolglose Versuche auf einem Brennesselfeld hinter dem Übungsraum eine (in Zahlen 1) Marihuana Pflanze zu ziehen, der peinliche Auftritt im Münchner Backstage, Julio, wenn er bei der Hälfte der Konzerte den Text vergaß.

Ich, der sich bei der Hälfte der Auftritte verspielte und die ausgesprochen stilvolle Übergabe unseres Bandraums an eine hoffnungsvolle, talentierte Nachwuchsband.

Ein Resümee

Wir waren auf jeden Fall viel besser als die Musik, die wir gemacht haben, und haben jede Menge Talent verschwendet, wieder mal, aber das... macht ehrlich gesagt auch den meisten Spaß. Wenn man spürt, die Tore der Welt stünden einem offen, und anstatt konzentriert durchzugehen, kotzt man einfach vor den Eingang, so lange, bis irgendwann die Tür zugeht.

Sicher nicht ganz so schlau, aber unbegrenzt witzig. EGAL?!?

PS: Im Nachhinein wahrscheinlich die glücklichste Zeit meines Lebens, jedenfalls in Bezug auf mein Selbstbewusstsein, das durch den manchmal recht kräftigen Applaus durchaus eine gewisse Steigerung erfuhr. Eine Einsicht, die mich zu dem logischen Schluss kommen lässt, dass das persönliche Glück direkt linear mit dem Selbstvertrauen steigt, eigentlich klar, aber man muss erst mal (selber) darauf kommen.

Kurzeinwurf: Das Gegengift

In nicht allzu ferner Zukunft wird das Dauerproblem der immer zahlungsunfähigeren Staatshaushalte, aufgrund fortgesetztem jahrelangen Miss-Managements, welches nur zum Teil damit zu tun hatte, dass nach der außergewöhnlich stabilen, wie auch nach Meinung vieler Politikwissenschaftler, zudem erfolgreichen und viel zu langen Amtszeit Angela Merkels, die meisten europäischen Regierungen als Notfallplan B, auf Frauen an der Spitze setzten.

Da das Geschlecht aber auf Dauer auch keine Lösung war, standen diese Staaten dennoch, oder gerade deshalb, irgendwann auch vor der Pleite, und dieses Problem ließ sich nur noch durch eine breit angelegte Ausgabenverweigerung halbwegs korrigieren.

Die Variante, die oberen Zehntausend durch eine allgemeine Mindestbesteuerung am Erhalt des Staates zu beteiligen, wurde nach ein paar halbherzigen Versuchen der wenigen sozial vorausschauenden Politiker von der allgegenwärtigen Geld-Adel-Lobby radikal im Keim erstickt. Dieser Verteilungsversuch erwies sich für unseren Staat, dank einer extensiven, wochenlangen Werbekampagne, als vollkommen untauglich, wenig überraschend, denn wer pisst sich schon selbst ans Bein. Man gehört in gewissen Kreisen ja zusammen, die Reichen und Mächtigen und die Schönen, die sich, um zu diesem elitären Zirkel Zugang zu haben, nur allzu gern prostituieren. Solange sie noch gut aussehen, funktioniert das ja auch ganz gut, und in diesen Gesellschafts-verbünden gilt es durchaus als schick, einen Toyboy oder ein Toygirl im Anhang zu haben.

Welch niedere Lebensformen.

Wobei der dauerkaffeetrinkende Anzugträger aus 90% der in letzter Zeit laufenden Crime-Serien als noch eine Stufe niedriger anzusiedeln wäre. Aber das ist ja nur eine von dauergleich produzierenden Schema-F-Drehbuch-autoren gelieferte Marktreflexion.

Nun... ich schweife wie so oft ab.

Es geht ja um den in diesem System nicht mehr aufzuhaltenden Super-GAU der Rentenkasse.

Irgendwann kommt dann ein findiger konservativer oder republikanischer Politiker auf die glorreiche Idee, die Alten kurz nach Erreichen des Rentenalters gesellschaftskonform einzuäschern, natürlich nur mit deren Einverständnis. Das würde den Staat enorm entlasten, den Wohnraum wieder bezahlbar machen und die Straßen von unsicheren Langsamfahrern befreien. Nur die Kaffee- und Kuchen-Cafés und die Kreuz-fahrtindustrie könnten mittelfristig zusperren, kein großer Verlust.

Aber die Rentner spielten aus irgendeinem Grund nicht mit und weigerten sich vehement und eindeutig unsozial, ab dem Lebensjahr 70 in den eigens dafür konstruierten Hochofen zu springen. Man konnte sich übrigens auch freikaufen, je nach Gemeinde und Schuldenstand. Bei dieser konnte man, dank einer Spende von 1% der Stadt- oder Dorfausstände, auch weiterhin in Würde altern. Im Angesicht der gigantischen Bolzen des öffentlichen Haushalts konnten sich das aber nur die wenigen Superreichen leisten.

Für alle anderen galt: Ab in den Ofen. Man musste das Ganze aber erst mal auf eiserne Gesetzesfüße stellen und mit einem Schuss Hoffnung garnieren, dann das ganze Paket zur Abstimmung bringen. Erwähnte ich schon, dass alle Stimmen der über 60-Jährigen auf geheimnisvolle Weise verschwanden, jetzt weiß man's, es lebe die Demokratie.

Was man auch weiß ist, dass die Leute gerne im Fernsehen auftreten, vor allem in Gameshows, was vor allem, allem die ältere Generation anspricht, und genau dieser Tatsache trug man Rechnung.

So wurde täglich zur Primetime die Show „Gegengift",
mittlerweile durch das Bürgerliche Gesetzbuch als
gesetzeskonform eingestuft, zum absoluten Straßenfeger,
besonders bei der jungen Generation.

Abend für Abend hatten 100 Senioren ihren großen
Auftritt. Es gab einen feierlichen Einmarsch in die immer
ausverkaufte – das Geld floss direkt in die Rentenkasse –
Multifunktionshalle.

Die Lichter waren grell, die Musik donnerte laut und
jeder bekam eine Zyankalikapsel.

An dieser würden sie nach ein paar Stunden, es war nicht
so viel Zyankali drin, zu 100% sterben, aber, aber es gab
noch eine Chance.

Nach allerlei Wissens-, Bewegungs- und Gedächtnis-
spielen, welche den mit Sicherheit anspruchsvollsten
Themenbereich darstellten, erhielten die drei glücklichen
Punktbesten das Gegengift. Wobei selbstredend allein
der Beweis der noch vorhandenen körperlichen und
geistigen Fitness auch nicht schon alles war. Es gab, wie
im TV schon lange üblich, natürlich eine kostenpflichtige
Telefon- und Onlineplattform, auf der man für seinen
Favoriten stimmen konnte. Dies floss selbstverständlich
auch kräftig in die Punktetabelle ein, und so gewannen
oder verloren meistens nicht diejenigen, die der täglich
sensationsgeilen Öffentlichkeit am sympathischsten
waren, eine Art medial-natürliche Auslese. Sie bekamen
das Gegengift und durften erst im nächsten Jahr wieder
in der Show „hallo" sagen.

Die 97 anderen schliefen, mehr oder weniger zufrieden,
pünktlich zur Geisterstunde ein, deswegen waren gegen
Mitternacht die Einschaltquoten auch besonders hoch
und die Werbespots dementsprechend am teuersten, eine
perfekte Win-Win-Situation für alle Beteiligten, außer
für die Rentner.

Allerdings hatten sie immerhin, laut der Bild-Zeitung, die
es dann, wie nicht anders zu erwarten, immer noch gibt,

eine gewisse Chance, am Leben zu bleiben. Doppelt-Immerhin. Pro Show gab es ein extra Gegengift für die den Bild-Redakteuren „most sympathic persons".

Das Ende der Geschichte ist die (Er)Lösung der Rentnerschwemme, und bald wurden es langsam, aber sicher auch immer weniger. Am Anfang protestierten sie noch gegen das sich im Laufe der Zeit immer besser einspielende Gesetz. Mit wenig Erfolg, denn sie waren nach ein paar Jahren nicht mehr allzu viele, und die Demos verliefen im Sande, oder der Asche. Außerdem waren die Einschaltquoten bei den über 60- und 70-Jährigen bei fast 90%, sie wollten ja wissen, was sie erwartete, und eine so gut gemachte Show konnte man einfach nicht absetzen, und was gibt es Schöneres, als seinen ungeliebten Nachbarn beim letzten Schnauferl zu erleben. Ein Selbstläufer eben.

In den nächsten Staffeln wurden immer mehr Rentner aus dem benachbarten Ausland mit einer vagen Aussicht auf eine kolossale Pensionsverbesserung zwangsverpflichtet, da das einheimische Menschenmaterial langsam zur Neige ging. Später übernahmen europaweit Fernseh-sender, gegen Gebühr natürlich, dieses grenzübergreifend, megaerfolgreiche Format.

Jede abendländische Nation geilte sich schließlich an dem Gefühl auf, Menschen im Fernsehen, außerhalb der Nachrichten, sterben zu sehen, und der positive Nebeneffekt war, die Gesellschaft wurde immer jünger. Die Ausgaben für jedwede Altersbezüge sanken auf ein Minimum, denn es traute sich schon lange keiner mehr, die Rente überhaupt zu beantragen, denn damit war man ja automatisch auf der Liste der Fernsehhenker.

Irgendwann zeigten sich jedoch auch negative Facetten dieses blutroten Bildes. Es fehlte eines Tages die Erfahrung im Handwerk, die Philosophie lahmte, der Enkel-Opa-Oma-Kontakt litt deutlich darunter, und wie befürchtet mussten ¾ aller Kaffee- und Kuchen-

Locations Insolvenz anmelden oder machten als Bestattungsunternehmer weiter, so blieben ihnen wenigstens ihre Stammgäste erhalten. Positiv war, dass schon bald eine Menge unter Mietpreisspiegel vermietete Wohnungen endlich frei wurden, die Immobilienpreise sanken ins Bodenlose, da die Nachfrage der Jüngeren das Angebot der sich auflösenden Älteren bei weitem nicht erreichte.

Es war einfach wieder viel mehr Platz auf der Welt.

Die nächste Stufe war die Einbindung der afrikanisch-asiatischen Welt, die diese willkommene Gelegenheit, ihre Überbevölkerung einzudämmen, spätestens nach ein paar Schmierdollars sehr gerne wahrgenommen haben.

Es gab nur wenige Unterschiede zum Europaformat, der größte war das Eintrittsalter. In Asien aufgrund der Bevölkerungsmasse und der Langlebigkeit Anfang 80, in Afrika aufgrund der allgemeinen Lebenserwartung Ende 40.

Die Show ging nun um die Welt und ein paar Jahre später gab es eine Milliarde Menschen weniger und demzufolge Platz und demzufolge Zukunft.?.

– Es Lebe Das Fernsehen –

Warm Water Threat

Der marode Gesamtzustand des Planetenstüberls zeigte sich neben der vollkommen veralteten Elektrik vor allem in der katastrophalen Sanitärinstallation. Nach beinahe jedem gut gefüllten Abend waren die Abflüsse in der Herren- oder Damentoilette oder bei beiden verstopft, weshalb ich eine unfreiwillige Wasserinstallateur-Lehre auf autodidaktischer Basis beginnen musste.

Learning by doing. Ich lernte relativ schnell und wusste notgedrungen nach wenigen Wochen, wie man ein WC oder Pissoir abschrauben, saubermachen und Abflussleitungen wieder gangbar machen konnte. Zu diesem Zweck schaffte ich mir einen großartigen Kärcher Nasssauger an, der dann einsprang, wenn die gute alte Spirale nicht mehr genügte. Er saugte alle paar Wochen Hunderte von Kippen und anderen unappetitlichen Krimskrams aus den über 100 Jahre alten Rohren, lecker... doch trotzdem waren die Klos ab und an überflutet, vor allem wenn irgendein Gast dachte, man müsste nur lang genug Wasser nachdrücken, dann fließt es schon wieder irgendwann ab. War natürlich nicht so und die Soße ergoss sich auf den Gang... noch leckerer.

Unangenehmer als das Wasser am Boden ist es allerdings, wenn die Flüssigkeit von der Decke tropft, wie geschehen an einem herrlich, lustigen Freitagabend. Man feierte, trank, tanzte auf den Tischen, ein wunderbarer, normaler Wochenendabend eben, als es plötzlich von der Decke hinter der Theke zu tropfen begann. Erst ein paar Tropfen, kein Problem, und Lasse stellte einfach einen alten Topf als Notlösung auf, das Tropfen wurde nicht schlimmer, und man dachte fälschlicherweise, es hört wohl von selbst wieder auf. Als ob irgendwann etwas von selbst aufgehört hätte schiefzulaufen, albern, aber so waren wir damals.

Am Samstag war ich dann mit meinem Dienst dran und wunderte mich erst mal über die unüblich große Wasserlache im Thekenbereich. Man muss wissen, dass es durchaus nicht ungewöhnlich war, dass nach einem normalen Freitagabend der Thekenbereich mit Bier, Schnaps und Abwaschwasserresten überschwemmt war. Aber das war ein bisschen viel. Ich blickte während meines klassischen Samstagmittagaufräumens nach oben und sah die Quelle des Übels. Es tropfte weiterhin langsam, aber stetig von der Decke... und plötzlich hörte es auf.

Schlau wie ich war, dachte ich, ok, das war's.

Dann fand ich einen Zettel am CD-Player von Lasse: „Hallo Wolfi, dein Laden ist undicht, viel Spaß noch!" Sehr witzig.

Ich machte weiter sauber und am Abend wie üblich ganz normal auf, um Punkt 20 Uhr. Wieder eine kleine Lache, kein Problem, der Abend begann, wurde lustig, bis sich um etwa 23 Uhr das Tröpfeln in ein anwachsendes Rinnsal verwandelte. Jetzt war ein Topf zu wenig, es lief und lief, ein großer Eimer musste her, und die Gäste hatten ihren Spaß daran, wie ich pausenlos mit Eimer-und-Topf-Ausleeren beschäftigt war. So ging es nicht weiter, es blieb nur der Anruf beim Notdienst.

Die Firma Angelheart war die einzige, die ich erreichen konnte und die auch nach knapp 30 Minuten vorbeikam. Der Monteur sah sich das Ganze an, begann die Decke aufzumeißeln bis zum Wasserrohr und sah, dass es offensichtlich nicht beschädigt war. Das alles geschah unter den neugierigen Blicken der immer zahlreicher werdenden Gäste, die einen Heidenspaß an der immer verzweifelteren Situation hatten und mich mit immer mehr neuen, schlauen Sprüchen „unterstützten". Nachdem der überaus fachkundige Mitarbeiter der Firma Angelheart ein klaffendes Loch in die Decke über der Theke geschlagen hatte und die Blutung, oder der

Wasserfluss, immer noch nicht aufhörte, holte er eine große schwarze Plastikwanne aus seinem Gas-Wasser-Scheiße-Mobil, stellte sie unter den mittlerweile zu einem mittleren Wasserfall angewachsenen Schlamassel und meinte, mehr könne er heute nicht mehr machen.

Welch ein Spaß... und die Freude wurde noch größer, als das Wasser mittlerweile die Wand hinter der Theke hinunterlief, in der sich dummerweise die Elektroverteilung befand.

Es bruzzelte und funkte, aber der FI löste nicht aus. Für Laien, der FI ist der Fehlerstromschutzschalter, der unter anderem dafür da ist, den gesamten Strom abzuschalten, wenn die stromführende Phase mit Masse oder dem Nullleiter in Kontakt kommt.

Das Wasser floss „durch" die Verteilung und der ca. 20 Jahre alte FI löste trotzdem nicht aus, gute alte Technik, doch wenn er jetzt nicht auslöste, wann dann... aber gut, es war sowieso gleich Feierabend und ich brachte den Abend noch zu Ende, stellte den Strom von Hand ab und bereitete mich auf einen anstrengenden Sonntag vor.

Ja, ich machte weiter, trotz oder gerade aufgrund der Tatsache, dass ich erst ein paar Jahre davor erfolgreich als Elektriker gearbeitet hatte und mir die Gefahren des Stroms nicht wirklich fremd waren. Wahrscheinlich dachte ich, die Wände sind dermaßen feucht, da kann nichts zu brennen anfangen, ziemlich dämlich und relativ lebensgefährlich. Auch aufgrund der Tatsache, dass am Sonntag der Wasserfluss komplett stoppte, konnte ich ein wenig beruhigter beim Hausbesitzer anrufen. Dieser schickte einen guten Bekannten namens Gipser, ein Exfreund einer Freundin meiner Freundin, vorbei. Nachdem er den Krater an der Decke über der Theke inspiziert hatte, kam er zu der Schlussfolgerung, dass der unangenehme Zustand nicht mit der Wasserleitung zusammenhing, sondern in meiner Wohnung oben drüber gründen müsste. Er zerlegte das Mauerwerk und inspizierte meine selten bis nie benutzte Badewanne, jedenfalls benutzte ich sie nicht zum Baden und das aus gutem Grund, den die Leute, die mich damals kannten, auch kennen, aber egal...

Die Umrahmung dieses sanitären Grundelements wurde von Gipser weg-gemeißelt, aber leider Fehlanzeige, alles trockener als die Atacama-Wüste. Nach der Mittagspause kam ihm dann die Erleuchtung, doch einmal die Nachbarn, deren Badezimmer direkt über der Theke lag, mit der Situation zu konfrontieren. Da wohnte ein netter türkischer Mann nebst sehr netter Frau und noch nettem Kind, die sich nur über die Lautstärke beschwerten, wenn ich vollkommen übertrieb. Wirklich perfekte Nachbarn, bis auf den Tag, an denen sie feststellten, dass ihre Badewanne nicht schnell genug ablief, und sie mithilfe eines Pümpels diese Verstopfung zu beseitigen hofften. Das klappte auch, denn durch des ordnungsgemäß funktionierenden Pümpels – ich sagte früher immer Klostampfer – Sog und Druck löste sich eine Dichtung oder ein Rohr brach oder sonst was. Auf jeden Fall suchte sich das Wasser seinen Weg, zu mir runter in den Gastraum.

Ein paar Tage später schickte Herr Tailor, so hieß der Hausbesitzer, Gipser noch mal vorbei, der die meisten von ihm und dem unfähigen Wasserer angerichteten Schäden wieder reparierte. Mein Nachbar versprach, keinen Klostampfer mehr einzusetzen, und über dem Loch über der Theke hing fortan und bis zum Ende aller Tage eine schwarze Teichfolie, ein weiteres Alleinstellungsmerkmal, sehr dekorativ...

Die letzte Geschichte

Kommen wir nun zum voraussichtlichen Finale meiner sensationellen Trilogie, in der ich wohl das eine oder andere Mal zu offen war, aber egal, dafür hat der Leser etwas zu reden, wenn schon bei ihm nichts Interessantes passiert. In dieser letzten Geschichte habe ich noch ein paar Geschichten aufgenommen, die vorher noch keinen Platz hatten, jetzt kommen sie raus und damit kann der Endspurt beginnen.

Das Planetenstüberl lief von Anfang an hervorragend, schon nach zwei Jahren hatte ich meinen Gründungskredit zurückgezahlt, dummerweise kam auch nach zwei Jahren das Finanzamt und meinte, ich hätte 13.000 DM Steuern zu wenig gezahlt, Unverschämtheit. Doch welch ein Zufall, genau die Kreditsumme, aber sie hatten ja Recht, und ich musste fortan meine Buchhaltung deutlich kreativer/genauer gestalten, wieder was gelernt.

Eine der schönsten Sachen im und am Stüberl waren übrigens die vielen neuen Menschen, die man zwangsläufig kennenlernen durfte. Ein nettes Beispiel dafür war Holgi, ein Elektronikfreak, der sich mit „Ich heize meine Wohnung in Ermangelung einer Heizung mit meinem Backofen"-Johnny den Sonntag oder Montag teilte und ab und zu etwas verwundert war, dass jemand seine Musikstücke erkannte und somit nicht sofort nach Erhörung derselben das Lokal wieder fluchtartig verließ. Anders gesagt, er und Johnny fühlten sich in einer, nämlich meiner Kneipe nicht sehr wohl, wenn sie allzu stark frequentiert wurde. Sie hatten ihre Handvoll Stammgäste, ihre spezielle Musik und mehr bedurfte es nicht zum Glück. Nicht ganz so gut für mich, aber eine von vielen Stüberl-Specials die auch irgendwie den Laden ausmachten.

Am Freitag war dann der sogenannte Christian-Day, bis zu seinem Abschied zurück nach Ingolstadt. Dort machte er dann, wie gesagt, seinen eigenen Laden namens „Jeremy" auf, in dem er selbstverständlich alle meine guten Ideen kopierte, und das machte er sehr gut.

Rocco und Lasse übernahmen für ihn den umsatzstärksten Tag, an dem ich nicht anwesend war, und machten das wirklich großartig. Da die beiden schon ein paar Semester in Eichstätt studierten, kannten sie mittlerweile Hinz und Kunz und den Rest der Nachtschwärmer auch, und diese zogen sie inklusive ihres Geographen-Stammtisches hinein, was zu einem nicht unerheblichen Gesamtanstieg des Allgemeinniveaus beitrug, na, ja... mehr Geld war auch in der Kasse. Niveau bedeutet in diesem Zusammenhang auch, dass jetzt interessantere Menschen das Lokal besuchten, was wiederum die Studentinnen hinterherzog, und so hatten alle etwas davon. Interessant waren in diesem Zusammenhang besonders die Austauschstudenten aus aller Herren Länder. Seltsamer Spruch, Herren-Länder, wie das klingt, ich glaube, das schreibe ich besser nicht... Jedenfalls kamen diese netten, feiersüchtigen Menschen aus allen möglichen Ländern, wie Spanien oder Südamerika, genau gesagt kamen sie ausschließlich aus Spanien oder Südamerika. Manchmal auch aus einem anderen Land, und sie traten stets in größeren Gruppen auf und brachten der Kneipe mit ihrer Tanzfreude und Tequilaobsession eine Menge unvergessliche Abende, und Geld gaben sie auch noch aus. Leider schmeckte mir der Tequila damals noch und so vergaß ich diese Events nach kürzester Zeit leider doch.

Es kamen übrigens auch Menschen aus Nordamerika, die sich eher an meinen Biervorräten schadlos hielten, deutlich besser für mein Erinnerungsvermögen, deshalb kann ich jetzt auch darüber schreiben, welch ein Glück.

Bei den Ami-Jungs war zu jener Zeit meiner Meinung nach niemand besonders Erwähnenswertes dabei, bei den Mädels jedoch sehr wohl.

Nach einem Jahr Planetenstüberl fand sich der Laden überraschenderweise in einem Bostoner Reiseführer wieder, den zufällig drei Studentinnen dieser Atlantik-Metropole in die Hände bekamen. Da das Stüberl laut diesem „Führer", mit diesem Wort muss man ja vorsichtig sein, ein absolutes Muss für jeden Übersee-Studenten war, gingen die drei Damen erwartungsvoll nach Eichstätt und kamen direkt vom Bahnhof, samt Gepäck und so, am allerersten Abend zu mir. Sie sollten nicht enttäuscht werden.

Sie hießen alle drei Chantal, kein Wunder, kamen sie doch von der Ostküste, und fragten nach einer Bleibe. Da ich zu dieser Zeit sowieso gerade aus dem Doppelzimmer mit Etagenklo über der Kneipe auszog, um mit meiner wunderbaren Freundin Julia zusammenzuziehen, war der erweiterte Schlafplatz im Zentrum kurzfristig frei und die drei zogen sofort ein. Chantal 1 lernte kurz danach einen Kneipenauswärtigen kennen und verabschiedete sich. Nummer 2 lernte meinen Montagsmitarbeiter und guten Freund, jetzt noch mehr als früher, Tommy Wolf kennen und pendelte fortan zwischen seiner Wohnung in der Clara-Steiger-Straße und oben droben. Chantal 3, die von allen Lebenslustigste, Fülligste und Trinkfesteste, erwies sich fortan als echter Stammgast und war stets die erste, die da war, und die letzte, die noch jemanden abschleppte. Allein ging sie eigentlich nie nach oben. Was mich zu meinen Freunden Johnny und Muxi bringt. Johnny benutzte seine Tätigkeit als Schankeuse hauptsächlich dazu, um ihm bis dato unbekannte Menschen kennenzulernen, vorzugsweise selbstverständlich Damen. Eines schönen Abends begab es sich, dass bei Dienstschluss weder Johnny noch Chantal jemanden kennengelernt hatten, und so gingen die beiden nach einem anhänglichen Dasda-Besuch dann eben zu Johnny in sein Acht-Quadratmeter-Glück-Appartement. Allemal genug Platz für die beiden, und mehr als genug, um Johnny von Chantals Liebeskünsten zu überzeugen. Nach ein paar, wohl für die zwei sehr angenehmen, Nightstands gab er seinem Kollegen, Deckname M, einen Tipp. Er sagte nur „Porno" und dass er sie unbedingt „mal ausprobieren" müsse, was er auch tat... und so teilten sich die beiden die lebenslustige Chantal 3, ein paar andere Bekannte hatte sie übrigens auch noch, aber offenbar störte das niemanden und damit passte es ja.

Chantal 3 hatte irgendwann ihr Auslandssemester beendet, machte in den Staaten ihren Abschluss und arbeitete fortan für eine Radiostation in Seattle. Ein oder zwei Jahre später besuchte sie noch einmal Eichstätt für zwei Wochen, war auch nicht langweilig, aber längst nicht so lustig wie beim ersten Mal. Manche Sachen schmecken aufgewärmt eben nur halb so gut und ein paar Postkarten später war sie aus der Welt.

Johnny hatte dann auch irgendwann genug von Eichstätt und ging nach München. Erst war er Security am Flughafen, war nichts Vernünftiges, dann startete er eine Karriere als Taxifahrer. Das gefiel ihm und das ist er bis heute. M kenne ich bis heute, und wie ich hatte er von Eichstätt noch lange nicht genug.

Im Stüberl gab es zusätzlich zum allgemeinen Chaos auch ab und zu, in besonderen Momenten, eine Live-Erfahrung zu genießen. Beinahe unvergessen blieb in diesem Zusammenhang die Idee Springsteins, doch einmal einen Alleinunterhalter für einen Abend zu buchen.

Er hatte ihn ein paar Wochen zuvor auf der Hochzeit eines entfernten Verwandten kennengelernt und war von der der ersten Show-Minute an vollauf begeistert. Ein Middle-Age-Mann mit wenig Haaren, der durch seine

Hasenscharte lispelnd die Audienz begrüßte und anschließend die versammelte Hochzeitsgesellschaft mit halbwegs schlüpfrigen Witzchen nebst stimmungslosen Schlagerhits aus seiner Orgel den ganzen Abend unterhielt. Aber alle waren begeistert, besonders Springstein. Er notierte sich geistesgegenwärtig seine Telefonnummer, um mir am nächsten Wochenende von ihm zu erzählen.

Wie nicht anders zu erwarten war auch ich sofort Feuer und Flamme, stand doch die „Vier-Jahre-Zuviel"-Jubiläumsfeier am 30.10.1997 demnächst an, und wir brauchten noch etwas Besonderes für diesen sehr besonderen Abend.

Springstein nahm Kontakt auf, der Unterhalter hatte Zeit und die Dinge nahmen ihren Lauf. Er wollte 200 DM für vier Stunden, ich gab ihm 100 für zwei und wir waren uns einig.

Er kam etwa eine Stunde vor der Eröffnung, baute seinen Synthesizer auf, machte einen Soundcheck, da musste ich mich schon zusammenreißen, um nicht loszulachen, dann ging er essen und wollte um 21 Uhr wieder da sein, um sein Programm zu starten. Der Raum füllte sich und war um Punkt 9 knallevoll, es hatte sich herumgesprochen, dass heute etwas Außergewöhnliches angesagt war. Kurz nach 9 kam dann der Entertainer und erhielt schon beim Betreten der nicht vorhandenen Bühne tosenden Applaus.

Mit einem leichten Späßchen am Anfang war das ohnehin dünne Eis auch schon gebrochen, keiner lachte, überall nur Verwunderung. Das Publikum war wohl ein wenig anspruchsvoller als das der Hochzeit.

Dann legte er richtig los, ein heiteres Lied und noch ein C-Klasse-Witz und die Gäste hielten sich nur noch den Bauch vor lauter Lachen. Ich musste vor lauter heiterem Glück spontan hemmungslos weinen und weiter ging's. Das Niveau seiner Scherze sank linear mit dem Lachen des Publikums. Der Alleinunterhalter dachte wohl, wir lachten über seine Witze, doch wir lachten selbstverständlich über ihn.

Nach knapp zwei Stunden tat uns allen das Zwerchfell extrem weh, ich hatte heftiges Seitenstechen, die Augen hatten keine Tränen mehr und der Showman wurde nach einem donnernden Applaus und noch ein paar „Zugaben" glorreich und mit 100 DM verabschiedet.

Mein Versuch, ihn noch einmal einzuladen, scheiterte leider, da er irgendwann dann doch mitbekam, dass wir nicht wegen ihm, sondern über ihn diesen gewaltigen Spaß hatten. Schad drum, er trat nie wieder auf, und ich versuchte auch nie wieder einen Alleinunterhalter zu verpflichten, denn besser konnte es nicht werden, und ein mittelmäßiger Abklatsch eines unterirdischen Entertainers war auch nicht mehr zu finden, außerdem sind Wiederholungen praktisch nie eine Verbesserung. Lieber ein legendärer Auftritt als drei oder viermittelmäßige, die dann mit der Zeit immer unorigineller werden. Will ja keiner sehen.

Was man allerdings immer gerne sehen wollte, waren schöne Körper, wenn sie denn schön wären, was uns zu einer etwas anderen und nicht ganz jugendfreien Kurzepisode bringt.

„Julio, zieh dich an, ich kann dich nicht mehr anschauen." Eine Aussage Steves bei einem unserer gelegentlichen Urlaube. So geschehen in Italien.

Man muss berücksichtigen, es war ja warm und er schwitzte aufgrund seines nach wie vor überproportionalen Gesamtgewichts deutlich schneller und intensiver als Normalsterbliche. Da er zudem aufgrund seines häufig ausschweifenden Lebenswandels auch sehr geruchsintensiv ausdünstete, wollte er diesen Smell seiner Umwelt im beiderseitigen Interesse ersparen. Deshalb zog er sich in vertrauter Runde regelmäßig aus, um nicht ganz so extrem zu transpirieren. Das war auch in Italien so, in Amsterdam beim Bauen, in Tschechien beim Biertrinken, bei fast jeder Bandprobe und natürlich in seinen eigenen vier Wänden, da hatte er aber auch das Recht dazu.

Wie hing das Ganze jetzt noch mal mit dem Stüberl zusammen?

Im Laufe des ersten Jahres des Planeten fuhr auch Carlos des Öfteren am Wochenende in die Bischofsstadt, mit ihm im Schlepptau waren des Öfteren Ali und Julio. Nach einem in der Regel sehr lustigen Abend fuhr Carlos, der selten bis nie zu viel trank, die anderen zwei zuverlässig nach Ingolstadt zurück. Ein Weg, auf dem das eine oder andere Weizen oder Maisfeld lag.

Man hielt an, zog sich aus und rannte sehr, sehr gut gelaunt nackig durch das Grundnahrungsmittel erzeugende Feld. Dabei stolperte man auch schon mal, fiel hin, schürfte sich an ziemlich unchristlichen Stellen auf, jauchzte trotzdem vor Glück und rannte immer weiter, bis zum Ende des Feldes, wo auch immer das in der Dunkelheit war. Dann ging es zurück, im selben Tempo bis zum Auto, eine Strecke, die bei manchem etwas länger dauern konnte, rechtschaffen betrunken und aufgrund der Nacht zusätzlich gehandicapt.

Am Ende wurden aber meistens alle gefunden und heim ging's. Eines schönen Tages war allerdings der Abend bei mir so dermaßen ereignisreich und launig und dementsprechend alkoholisch, dass die Freunde es nicht mehr nach Hause schafften und bei mir oben pennten.

Die Geschichte war selbst mir ein wenig peinlich, denn fast immer verhielten sich meine Kumpane vollkommen korrekt, wenn sie bei mir nächtigen mussten. Also... die drei schliefen über der Kneipe, ich wohnte bereits seit einiger Zeit mit meiner wunderbaren Freundin Julia zusammen in der Nähe des Kapellbucks. Als ich mittags aufwachte und im Laden zum Aufräumen erschien, schaute ich noch kurz bei den dreien in der Übernachtungsstätte vorbei. Diese waren schon wieder recht lustig, einer hatte gerade eine Kiste Bier und eine Flasche Jim Beam vom Edeka nebenan besorgt. Ich konnte kaum glauben, dass sie nach dem Vorabend überhaupt schon wieder etwas trinken konnten, mir tat der Kopf immer noch extrem weh, doch sie konnten. Ich schüttelte meinen Gehirnbehälter und verabschiedete mich Richtung Großmarkt Ingolstadt.

Zwei Stunden später kam ich zurück und fand einen Kumpel fassungslos im Eingangsbereich der Wohnung sitzen, aus dem Hauptwohnraum drang laute Musik, Gegröle und hemmungslosen Lachen. Der Kumpan erzählte, dass die anderen zwei das Bier und den Whiskey bereits ausgetrunken hatten und sich damit einen kräftigen Aufgewärmten zugezogen hatten. Dann begannen sie, sich zu entkleiden, den Rest können sie sich denken, wer dabei war, wird es wohl nie vergessen. Auf jeden Fall hatten sie eine Menge, Menge, Menge Spaß. Als ich sie sah, bekam ich erst mal auch einen Lachanfall und machte mir gleich noch ein Bier auf, das sie wohl übersehen hatten. Die beiden saßen vollkommen ausgepowert da und hielten sich nur noch die Bäuche, die vom vielen Lachen immer noch weh taten. Der Fahrerfreund war indes soweit nüchtern, dass er fahren konnte. Er packte die beiden Spaßvögel ein und bat mich, diese Geschichte die nächsten 20 Jahre lieber niemandem zu erzählen, zu peinlich, versteh ich, und ich hielt mich daran.

Noch was...

Alles in allem, rückblickend und aus meiner höchst objektiven Perspektive betrachtet, war das Planetenstüberl, auch noch 20 Jahre später, die wohl bizarrste, exzessivste, energiereichste und selbstzerstörerischste Kneipe, die jemals in Eichstätt beheimatet war. Noch heute schwärmen einige alte Gäste, die damals nicht Hausverbot hatten, von der unvergleichlichen Atmosphäre, dem eindeutig zweideutigen Ambiente und den „günstigen Räuschen", die sie nach Hause zogen.

Ich hätte wohl des Öfteren gewissenhafter kassieren sollen, vergaß aber im Eifer des Gefechts auch schon mal das eine oder andere Bier. Egal, die Masse machte es, und irgendwie waren die paar Zechpreller als Kollateralschaden mit eingeplant. Wenn mich die allgemeine Abgabenlast nicht ganz so geschröpft hätte, wäre auch trotz meiner kaufmännischen Inkompetenz mit Sicherheit ein Haus am See drin gewesen. Im Endeffekt lag es aber natürlich zu 99% an mir selbst, ist ja gut...

Ich hatte einfach alles. Ich konnte jeden Abend Party feiern, verdiente so viel Geld, wie noch nie zuvor in meinem Leben, war mit meiner Traumfrau zusammen und hatte die besten Freunde der Welt.

Ich musste gar nicht, und deshalb tat ich es auch nicht, an die Zukunft denken. Warum auch. Die Gegenwart war mehr als perfekt, ein herrliches Gefühl, das man meist erst erkennt, wenn es vorbei ist.

Aber wie es so ist, wenn scheinbar alles gut ist, rief die unvermeidliche Veränderung. Der Laden war kurz vor dem Zusammenbruch, entweder hätte ich massiv auf meine Kosten – sonst bot sich leider keiner zum Bezahlen an – renovieren müssen oder Feierabend wäre angesagt. Wobei ich bereits nach vier Jahren, sprich 1997, meine „4-Jahre-Zuviel"-Party, samt T-Shirts, hatte. 1998 machte ich dann endlich zu und Springstein versuchte erfolglos, mit einer Axt den thekentragenden Balken zu fällen, aber keine Chance auf ein einstürzendes Erlebnis, Carlos hatte vor fünf Jahren einfach zu gute Arbeit geleistet. An diesem letzten Abend trank ich noch mehr als sonst, es war noch voller als meist, und am nächsten Tag fühlte ich mich trotz meines laut klagenden Katers einfach noch großartiger als jemals zuvor.

Ich putzte das letzte Mal, zählte noch einmal die Einnahmen und ging wieder heim.

Federleicht schwebte ich die Westenstraße hinauf, wie John Travolta in Staying Alive oder Tobey Maguire in Spiderman 2, aber der war erst viel später... jedenfalls ging's mir hervorragend, ein Gefühl nur vergleichbar mit dem ersten Sex mit Julia, einfach überragend.

Doch wohlwissend, dass dieses Feeling nicht von Dauer sein konnte, erkundigte ich mich schon einen Tag später bei Männerbräu nach einer anderen Kneipe. Surprise, Surprise und wie es der Teufel wohl wollte, war vier Wochen später ein Lokal etwa 20 Meter entfernt frei, das wurde dann der Planetenwirt.

Aber das ist eine andere und wahrscheinlich niemals mehr aufgeschriebene Geschichte.

Auf jeden Fall:

Fast alle meine ehemaligen Mitarbeiter haben mittlerweile einen sehr guten Job gefunden und behalten, und verdienen bis heute gutes Geld.

Fast alle meine Gäste, die ich besser gekannt habe und die ich nicht rausgeschmissen habe, sind allesamt nicht in der Gosse gelandet, ganz im Gegenteil, diese Menschen haben alle ihr großzügiges Einkommen, wieder ein Beweis dafür, dass jahrelanges Partyfeiern doch nicht so schädlich ist, da hatte ich doch nicht alles falsch gemacht.

Das bringt mich, endlich, zu meinem Schlussresümee.

Eichstätt war vorher nicht gerade aufregend, mit mir etwas interessanter und nach mir wieder Mainstream. Diese Entwicklung kann ich mir wahrscheinlich auf meine Fahne schreiben, somit hatte sich eigentlich überhaupt nichts verändert, aber immerhin etwas bewegt. Außerdem entwickelten sich selbstverständlich auch die Gäste weiter, die mit Freude meine manchmal verschlungenen Wege mitgingen. Das einzig etwas Schwierige an diesen Wegen war die Marschverpflegung, die man unvermeidlich zu sich nehmen musste. Die bestand in unserem Fall aus alkoholischen Getränken, und diese musste ich Abend für Abend konsumieren, um meine Höchstleistung immer und immer wieder zu bringen. Sehr bedenklich für Außenstehende, für mich nur Mittel zum Zweck, und da ich auch nicht jeden Tag arbeitete, hatte ich selbstverständlich meine dringend benötigten Regenerationsphasen. Gesundheitlich geschadet hat mir dieser „Job" im Nachhinein jedenfalls auch nicht, auch sehr ungewöhnlich, oder wer weiß, zu was ich sonst körperlich in der Lage gewesen wäre, vielleicht hab ich unbewusst Deutschland um eine olympische Goldmedaille getrunken, wer weiß...

Das, was hauptsächlich in meiner Erinnerung bleibt, ist meine nicht enden durftende Dauerparty, die beinahe jeden Tag neue Facetten offenbarte. Die wenigen negativen Momente bedecken wir am besten mit einer süffigen, frischen Schaumkrone.

Anyway, it was a great idea, der Laden, die Idee, die ganzen fünf Jahre waren eine großartige Zeit.

Maybe one of the best times in my life. Angefüllt mit enorm vielen Glücksgefühlen und Geld hab ich nebenbei auch noch verdient, besser ging's nicht. Eine mehr als wunderbare Erfahrung, die mich verbesserte, mehrere Level hochhievte und mich in der Stadt meiner Meinung nach absolut unverzichtbar machte. Ich wuchs und wuchs und wurde das, was ich schon immer werden wollte. Ein Spuren hinterlassender, die Stadt voranbringender, die Leute formender und die Damen glücklich machender Eckpfeiler der Gesellschaft.